INKO

安心と平和の常識

「安心して暮らせる生活」など、もともとこの世にない

曽野綾子

WAC

安心と平和の常識

「安心して暮らせる生活」など、もともとこの世にない

装丁／神長文夫＋柏田幸子
本文写真／佐藤英明

第1章

犬とイナゴの喧嘩

私の生活のかなりの時間は、整理に使われている。冷蔵庫や野菜籠の中のものを使い切るための整理。それからこれは資料として要ると信じて「ひっちゃぶいて」おいた古新聞や雑誌などの整理である。今どきそんな愚かなことをしなくても、ネットで調べればわかるという人がいるが、私自身はその手のものを使えないし、手慣れた人に頼んでも、なかなか目的の項目が引き出せなくて、余計な時間がかかる時もある。

古新聞の方の整理は、一月に一回くらいはすることになる。読み返して見て、何のためにこんなものを取っておいたか、と思うものもあるが、雑多なニュースの中に一定の選択基準はあったのだな、と思うことが多い。

その多くは、日本の新聞に多分載らなかったものである。私は毎日、しかたなく日本語の新聞を四紙と英字新聞を一紙読んでいる。英字新聞は私の語学力では多分六、七割くらいしか理解できていないと思うけれど、それでも一応習慣になっている。日本人が気にしないニュースが、英字新聞に出ていることもあるから、眼を通さずにはいられないのである。

二〇一二年一月十二日付の新聞は「インドの三分の二のミルクは安全でない」と報じている。途上国では、日本では考えられないようなことが平気で行われているというこ

とに、日本のメディアはあまり興味を持たないらしくて報道もしないし、従って日本人の多くはこんな事実があるということも知らない。
汚染の原因になっている物質は、塩類と洗剤だそうだが、インド食品安全基準局は、一千七百九十一件のサンプルを採って検査した中で六八・四パーセントが混ぜ物を含んでいると発表した。混ぜ物は、スキムミルク、脂肪、グルコース、水などである。まがい物を入れる率が、都会では六八・九パーセントのサンプルに見つかったのに対して、農村部では三一パーセントと低率になっている。
こうした事実がなかったのはゴアとポンディシェリー州だけで、西ベンガル、ビハール、チャティスガール、ジャルカンド、オリッサ、ミゾラムなどの各州では、すべてのサンプルから発見された。いずれにせよ、七〇パーセントに近いミルクが汚染されているとは凄まじいもので、日本なら国中がパニックに陥っているところだろう。

洗剤が混じっていたのは、「業者がミルクのタンクを洗剤で洗った後、十分に濯《すす》いでいなかったからだ」と関係者は述べている。

パキスタンでは別の悲劇が起きている。ラホールでは、州立のパンジャブ心臓病研究所で無料の投薬を受けた貧しい患者たち四万五千人のうち、百人近くが既に死亡し、入院患者二百八十七人のうち、数十人が危険な状態にある。すべて投与された偽薬のせいなのである。

こうした偽薬は、二流の製薬会社で作られたもので、骨髄や白血球にダメージを与えると言われ、たった一服の薬で、二十三人が死亡したという例もある。パンジャブ心臓病研究所で無料で患者に与えている薬のうちの、少なくとも五種類に一種類には、こうした恐ろしい副作用がある、と言われている。インチキな薬が、表示されただけの充分な成分を含まず、抗生物質などは飲んでも治らないだけでなく、薬に対する生半可《なまはんか》な抗体ができてしまう、ということは私が日本財団という財団で働いている時、外国で薬を配る時に教えられた初歩的な知識だった。

新聞記事には書いていないが、もちろんこれらの事件は、こうした怪しげな薬の成分を知りつつ平気でそれを国家予算で買って患者に与える決定権を持つ役人、医師たちの汚職体質に起因している。

日本には、事故による食品の汚染や、まだ明確になっていない成分を含んだ薬品による薬害は過去にもあったが、みすみす知りつつ、貧しい人たちだから平気で致死的な粗悪品を与えるという神経はほとんどないだろう。こうした被害は、これからの調査によってますます数が増えるものと見なされていると新聞は報じている。

同じくパキスタンのカラチからだが、昨年十二月半ば、官憲はカラチ郊外のザカリヤ神学校とよばれる施設を急襲した。イスラムの神学校はマドラサと呼ばれるもので、その建物の地下には、八歳から四十代の男たちまで五十四人が監禁されていた。

外国の通信社の現場写真がよくその状況を映している。そこは壁も三和土《たたき》もコンクリート打ちっぱなしの、家具一つない暗い地下室である。枕と小さな薄緑の頭巾《ずきん》かと思われるボロだけが散らかっている。そこに彼らはリハビリのためと称して約一カ月も鎖に繋がれ、ゴムベルトや棒で終始鞭《むち》打たれながら軟禁されていたのである。

社会的な非難が薄かったのか、見逃されてきたのは、彼らが麻薬常習者や、犯罪を繰り返す人たちだったせいだろう、と言われている。彼らは治療のためという名目で親族に連れて来られたのだが、少なくともこの拘束されている期間だけは悪事は働かなかったということが周囲の意識にはあったようである。

三十五歳の麻薬常習者の弟をここへ連れて来たというアブダラという男はこう言う。

「鎖は問題でないんです。鎖に縛りつけなかったら、ヘロインの常習者は必ず逃げ出すんですから」

決してこうした施設ばかりではないだろうが、パキスタンには一万五千百四十八校もの神学校がある。これらはアルカイダと関係のあるタリバンの闘士たちによって反乱を目的に運営され、二百万人の学生を教育しているという。これは、正規の学校で学ぶ三千四百万人の子供たちの約五パーセントに近い数である。

日本でも様々な問題を抱える子供たちを特殊な方法で鍛え直すという目的の教育施設はあった。その中には、心身共に弱い生徒には耐えられないようなスパルタ式の教育を行い、その子どもが死ぬような事故も起き、責任者の処罰も行われたが、その手の学校には、事件が明るみに出た後も、常に支持者はあったようである。

つまりそうした私塾的学校も、決して人権無視ではなく、ましてや地下室に監禁などしてはいなかった。パキスタンなどには、地方に電気もなく、交通も不便で、まだこういう私塾のようなものが存在しうる土壌があるということだ。

どこの国にも、昔の歴史的な事実を踏まえた出身地のことで、いささか心理的対立を覚える土地同士はあるようだ。日本でも会津と長州は仲が悪い、などというが、福島県人が、自分の娘が山口県出身の青年を好きになったからと言って、結婚を許さないなどという話は今ではまずないだろう。

しかし最近の香港では、中国本土から来た人たちと、香港人との間の心理的乖離《かいり》が激しい対立を生んでいるというニュースがしばしば出ている。

二〇一二年一月八日から数日の間だけに起きた事件の記録。

一月八日。数百人の香港人が、いわゆるぜいたくなブランドとして知られる「ドルチェ&ガッバーナ」の店に抗議の声を上げた。中国本土からの客は金に飽《あ》かせて高額な買い物をする。しかし香港人はそうでもないので、店員の客あしらいの態度に、差別が露《あらわ》に出たらしい。もちろん店にとっては、たくさん買う客の方がいいのは当然なのだが、そこに最近の好景気で買い物をしまくる本土人に対する香港人の、積年の恨みが出て来たものと思われる。

一月十五日には、香港人と、観光客などの行きずりの人も加わって、一千五百人ものデモ行進が起きた。その中には香港の妊婦も加わっていた。その理由は、妊娠の後期になって、急に香港にやって来て、土地の病院で出産する本土人が、近年ますます増えていたのである。

言うまでもなく、生まれてくる赤ん坊に、中国本土のではなく、香港人だという身分証明書を取得させるためで、そのおかげで病院はいっぱいになり、土地の妊婦がお産をするのにも不自由をするようになった。その背後には金に飽かせて、子供には「中国より好まれている香港人の身分」を得させようとする本土人の身勝手に対する嫌悪が固定して来たからなのだろう。

一月十九日には、些細《ささい》な衝突だが、土地のメディアがおもしろいシーンをヴィデオに撮影したものを流した。本土から来た一家の連れている娘が、飲食を禁じられている地下鉄の中で、平気でものを食べた。一人の香港人がそれを注意すると、彼と本土人との間で衝突が起きた。どんな騒ぎだったか、英字新聞は報じていない。しかし恐らくこれは氷山の一角で、ずっと前から、本土人の行儀の悪さが香港の人たちの間では目にあまるものになっていたのだろう。ことが大きくなったのは、これに油を注ぐ人もいたからだった。

北京大学の学者だという孔慶東氏が、論争に加わり、香港人は薄汚い奴で、「犬」のような連中が多い、と発言したのである。この言葉は香港や南広州のメディアで一斉に報じられ、一月二十二日には、中国本土連絡事務所前で、二百人の香港人たちがこの教授の言葉に対する怒りを爆発させた。

香港ではネット人種の間で、本土の「イナゴ野郎」に対抗するための資金を集めている。つまり、彼らはあからさまに「犬」と「イナゴ」の憎悪《ぞうお》関係になったのである。

二〇一一年三月二十六日付のニュースには、我ながらどうしてこんなばかなことをおもしろがったのかわからないような話が掲載されていた。

中国の武漢に、ガオという姓の男がいた。三月十一日の日本の東日本大震災と東京電力福島第一原子力発電所の事故の後、この人は中国中に広まった噂を聞き逃さなかった。それは塩の中のヨードが、日本から流れて来る放射能による被害を妨げるという話だった。

この噂が広まるや、中国の塩の値段は暴騰した。人々が塩を買い溜めたから値段も上がったわけで、それは結果的に六カ月間も続いた深刻な塩不足を招いた。ガオは二百六十袋の塩を買い、三台のトラックで彼のアパートに運び込んだ。

数日後、中国の当局は、日本の震災による原発事故によって、中国人民が放射能にさらされることはないのだから、パニックになって塩を買いだめることはない、と声明を出した。この発表で、今度は塩の値段が暴落した。

大量買いをしたガオの塩は動きがとれなくなった。彼のアパートの半分以上をこの塩の袋が占めていたが、彼はそれを売ることもできなかったのである。なぜなら、彼は受取なしにこういう商取引をしたので、結果として合法的にそれを売ることもできなくなっていた。彼はそれを他県に持ちだすことさえ不可能だった。既に当局が、塩の運搬に関して厳しい規制を敷いたからである。

この記事には写真もついており、顔を歪《ゆが》めて押し合いへし合いして塩を買おうとする群衆の惨めな表情が出ている。中国では、まだこんなにも「当局の規制」が経済の細部にまで浸透しているのである。

現実にも中国は、今新たな顔を見せ始めている。犬は昔はごく普通に、冬においしい食肉と思われていた。私はまだ食べたことがないのだが、犬の肉は香ばしい独特の風味を持ち、それを食べる人の体を温める効果もあるという。

豚を食用にするのは何でもなくて、犬は残酷だという観念も、よく考えてみるとわからない話だが、最近の中国では、ヒューマン・ライツ（人間の権利）が細部ではまだ復権していないのに、アニマル・ライツの方は盛んになり、それはますます広がっているようだ。その理由としては、お金と暇のある最近の中国の中産階級が「四本足のお友だち」を持ちたがるようになり、ペットショップは、天井知らずの大流行、大儲けをしているという。

たまたま五百二十四匹もの犬が、檻の中に惨めに押し込まれた状態でトラックに積まれ、高速道路を走っているのを、車を止めていた他のトラックの運転手が見つけた。犬たちは中国の東北地方のレストランに運ばれて犬肉料理にされるところであった。

この犬たちは、ほとんどが迷い犬、乃至《ないし》は野犬で、脱水症状を示していたという。彼らは痩せ細り、ヴィールス性の感染症の兆候を示しているものもあった。この運転手の通報から、犬の救出が行われ、その一部始終があらゆるEメール族やブログを通して広まり、ディベートにまで発展した。中国では文化大革命の時、ペットを飼うのは資本主義的な特権階級だという観念が定着した。「金持ちで横柄《おうへい》な権力者だけがペットを飼うことを許され、このペットに貧しい人を噛むことを許した。だから今でもペットを可愛がって扱う人は、弱い者をひどく扱って平気な人なのだ」という飛躍した通念もできているらしいのである。

こういう背景は別にしてと言うべきか、こういう背景があるからと言った方がいいのか、子供の詐欺事件にしても、日本人の考えつかない知能犯がいる。シンガポールの中国系市民の間で起きた事件である。

ベビーフェイスであどけない口ぶりの十三歳の中学生がいた。彼は数人のペットの飼い主に、最近自分のペットが死んでしまったので寂しくなり、ぜひ代わりに、あなたの手元にいるよく似た犬をただで飼わせてください、とペットの飼い主たちにオンラインで頼み込んだのである。飼いたいと言ったのは、マルチーズやヨークシャーテリアなどの純血で小型の愛玩犬ばかりであった。

犬を手に入れると彼は商人の顔になった。すぐにオンラインでこの犬をセールに出し、幾ばくかの金を手に入れていたのである。

たまたま三歳のマルチーズを手放さなければならなくなった女性がいた。最近赤ちゃんが生まれ、姑の家に引っ越さなければならなくなったので、犬を飼えなくなったのである。彼女はそのことを自分のフェイスブックにも出した。そして十三歳が現れたので、試験的な期間を与えるということで、少年に愛犬を渡したのである。

二日後に、彼女が少年に「犬の具合はどう？」と聞いてみると、少年は「犬は逃げてしまった」と答えた。彼女はこの答えに不信感を抱き、警察に届け出た。するとこの少年は、警察の面前でさえ、犬をもらった事実なんか全くない、と証言したのである。しかし警察が少年の家の付近で聞き込みを行うと、近隣の人は、少年は時々犬を連れていたが、たいてい二、三日で、違う犬になっていたという証言をした。

「お金が欲しかった」と少年は言い、彼の祖父母はコメントを拒否したという。

実に世の中には、信じがたいほど様々な人の姿と心がある。私たちは、いまだにそのことを充分に知り得ていない。日本は均一的で穏やかで豊かな社会だからだ。

極論かもしれないが、人間の顔の明るい面でも暗い面でも、どちらでも私には感動的だ。私は穏やかな日常の中で、まだまだ世間を知らずに馬齢《ばれい》を重ねていたのである。

第2章

学校の裏山

東日本大震災の被害を受けた土地を私が訪ねたのは、地震後、丸四カ月が経った二〇一一年七月十一日である。

東北の被災地で私の心に一番深く残ったのは、女川町《おながわ》の大川小学校だった。百八人の児童のうち、実に七十四人もの子供たちが犠牲になった悲劇の学校である。

前夜私は、一関《いちのせき》のかんぽの宿に泊まった。そこには救援の東京の警視庁の機動隊が止宿《しゅく》していた。宿側は私たち一般の客に、「お風呂は七時半までにお入りください。その後は、男湯も女湯も機動隊に開放しますから」と言った。まだ一般の湯治客《とうじきゃく》はほとんどいなかったが、これはいい制度であった。警察は自衛隊と違って、緊急の出動の時でも、宿と食料は用意する必要がある。

翌朝は機動隊が私たちより早く朝食を済ませていた。玄関に出てみると、機動隊のバスは出発するところだったので、私は手こそ振らなかったが、家族の代わりのつもりで黙礼して見送った。もちろんその日の作業予定地は知らない。

しかし後刻、私たちが大川小学校に着くと、その荒涼《こうりょう》とした、一軒の家の残骸の跡すら残っていない広大な被災地背後の遠くに、いまだに点々と散らばって遺体捜索をやっているらしい機動隊員の姿が見えた。多分宿で遠目に見たあの人たちなのだろう、と私

は思い、改めて深い感謝の思いを抱いた。

　大川小学校の廃墟跡に着いた時の、私の最も初歩的な印象を述べる。唯一外郭《がいかく》が残っていた構造物はそのあたりでは大川小学校だけだったが、それは「それが小学校なのですか」と言いたいほどしゃれた外観のものだった。学校と言えば、一階から二、三階まで同じ面積の積み重ねで、その上に特徴のない屋根が載っている建物だと私は今でも思っているのだが、大川小学校はまるでホテルか大きなレストランのような複雑な変化に富んだしゃれた外形だった。

　さらに驚いたことは、校舎の建っている地面が海抜二メートル以下だという説明だった。

「二十メートルではなく？」

「ええ、二メートル行かなかったんじゃないかな。多分一メートル八十とか九十か、とにかくそれくらいです」

大川小学校が海からかなり離れていたからだ。川の近くではあるが、海がすぐそこという感じではない。だからもう少し高度があると私も錯覚していたのだ。海抜二メートルしかない土地に、誰が学校を建てるという計画を推し進めたのだろう。

更に私の注意を引いたのは、学校の裏山だった。常識的に言っても、子供たちにそんなに多数の犠牲者が出たのは、学校の近くが平地ばかりで、子供が逃げられるような避難場所がなかったからだ、と素人《しろうと》は思う。だから私は現場の光景が見えるや否やこの裏山に注目した。

山は小学校の真裏まで迫っていた。つまり確実に「学校の裏山」と言っていいほど近くに、山はあったのだ。この山がどうして子供たちを救わなかったのか不思議でならなかった。

インターネットの資料は、安易には信じてはいけないものだ、と私も教えられているが、そのインターネットによると、河北総合支所地域振興課・課長補佐が数人の職員と児童数人とで、この裏山に「やっとの思いでよじ登り」命拾いをしたとなっている。

「地区の人たちは家の前で立ち話をするなどしてなかなか動こうとしませんでした。

『ここまでは津波は来ない』と考えていたのだと思います。実際、市のハザードマップでも、釜谷《かまや》の大津波は想定されていませんでした」

昔はハザードマップ（被害予想図）などというものは、この世に存在していなかった。これはすべてコンピュータができてから可能になった予測である。それまでは文献や古老の言い伝えがその代わりを果たしていた。

私は国交省を主務官庁とする民間の組織で働いていたので、割と早い時期からこのハザードマップなるものを見せてもらっていたが、役所の怠《おこた》りとは別の理由で、一般市民の方でもそれを公開されるのを好まない面もあったと思われる。それはもし、自分の所有する土地がハザードマップ上で危険区域内にあったら、そんなものが公開されることで地価が下がるからである。

しかし当時から既に、津波や豪雨があると、東京のどれだけの土地が水没するかを、私はハザードマップで知らされていたのだ。荒っぽい言い方をすれば、下町と呼ばれる地域では浸水・水没する土地が多く、山の手はそれを逃れるのである。もっとも山の手には、火災が延焼する木造住宅の密集する地帯はいくらでもあって、東京都はその所在を先般明らかにした。

この大川小学校の場合も、事の起きる前には、津波の高さなど一般の認識はなかったと思われる。結果的に大川小学校を襲った津波は約六メートル。堤防は五メートルしかなかったわけだが、住民は津波の高さなど知る由もなかったわけだ。そして学校でも津波襲来時の避難の場所は、その時まではっきり決まっていなかった。実に津波が来てから討議された様子がある。

石巻市教委は次のように外部の人に説明しているという。

「学校に避難しようとする地区住民への対応、保護者への引き渡しに手間取り、先生たちがすぐに避難行動に移れなかった面がある。海沿いの多くの学校で決まっていた二次避難場所が、大川小になかったのは問題だった。ただ、校庭への一時避難を行うなどの対応は取っているので、全面的に非があるとは認められない」

この短い文章は多くのことを物語る。

第一は、海から平面的距離で離れていれば、「ここまで津波は来ないだろう」と思う心理が一般的だったということだ。

震災後「想定外」ということを政府や東電関係者が言い訳のように使うことは許されない、と一部の世間は言ったが、現地の人全員にとって津波の規模自体が予想外であった。それは当時のテレビ中継の画面の中でも、多くの被災者がこぞって口にしていたことである。地区住民さえも、学校の校舎に避難するつもりだったように見える。校庭に児童を集めて、保護者が引き取りに来るのを待っていたようだが、校庭は校舎の最上階より低いところにあるに決まっている。保護者に引き渡し易いためだろうが、低い校庭に児童を集めておくことが一時的避難と言えるとは思えない。「裏山に避難するか、川沿いの高台に避難するかでもめていた」のはすべて土地の人たちであった。

最近、大川小学校のことが再びニュースとして取り上げられたのは、民事訴訟として、大川小学校を訴える動きがあるからである。多くの親たちが子供が死んだことに納得していないというし、外部のNGOが訴訟を支持するのに力を貸した面もあるらしいので、私はまずこの裏山について語りたいと思う。

先にも述べた通り、私は「学校の裏山」と見えた崖を、かなりきつくて子供では登れない勾配《こうばい》と感じていた。こういう場合になると、人は自分を中心にいろいろな印象を持つのが普通だろう。月刊誌の記者は登れない山ではない、と思ったと書いているし、雪が降っていて子供には無理という説に対しては、雪は当日降っていなかった、降っても積もったのは六日後、という証言もある。

「この積雪量でも、子供が裏山の（新聞に掲載されていた）山道を登るのに危険だとは思えません。東北で生まれ裏山に土地勘もある子供たちなら尚更です。低学年が一人一人登るならともかく高学年の生徒もいるし教師や地元住民の大人たちもいるんです（避難開始時に在校していたのは、一年生六名、二年生十四名、三年生十八名、四年生十二名、五年生八名、六年生十四名、教員十名、付近住民数十名）」という知識も今回初めてインターネットで教えられた。

もし私が現場に住んでいたら、私もまた町民の一人だったわけだが、今の私の足の状態では、信じられないような「火事場のバカ力」でも発揮しない限り、とうていこの崖を登れない、と私は現場で感じていた。しかし若い記者もそれは可能だと言うし、こういう場合、人々はどれほどにでも助け合うものだというのはほんとうだ。第一、子供たち同士が十分に助け合う可能性は強かった。

今さら何を言っても、子供を亡くした家族の慰《なぐさ》めにはならない。それに私は「その死を無駄にしません」という言葉も好きではない。遺族にとっては、その人（子供）の存在が大切なのであって、ほんとうのところ代替えは一切意味のないものなのである。

しかしそれとは別に、人はあらゆることから学ばねばならない、という義務があることもほんとうだ。うまく行った科学の実験からも、思いがけない災害からも、統計からも、他人には知られたくない自分の失敗からも、その結果を少しは活かさないと、現世に生かしてもらった意味もないような気がする。

まず、不思議なのは、津波に関する多くの言い伝えや逃げ方の教えまである土地で、なぜ海抜二メートルの地点に学校を建てたか、である。

この学校は三百年以上津波が来たことのない土地に建てられた。しかも六年前に石巻市と合併した旧河北町の辺境の小規模地区だとインターネットは書いている。市町村合併の対象になった土地には、それなりに微妙な人間関係や心理のひずみも残るのであろう。

しかしどんな経緯があるにせよ、海抜二メートルに足りない土地に学校を建てたという無謀を見逃してはならないだろう。この責任は、市にも教育委員会にも、そして当然子供たちの父兄にもある、と私は思う。

津波は数百年に一度来るか来ないかだから、普段は生活環境のいい、使い勝手のいい場所に学校を建てようと思うのも、私にはよくわかる。しかしそれならば、教育行政側にも、学校の当事者にも親たちにも、共に子供の安全を考えるという責任は発生しているはずだ。はっきり言うと、学校だけが子供の安全を担っているわけではない。子供に係わるすべての人が、その安全にも係わるのである。

その時、大川小学校の裏山に、人は登れたかどうか。低学年の子供でも可能だったのか。雪がある場合でも大丈夫だったのかどうか。山野を駆けめぐる能力に優れたたくましい「田舎《いなか》の子」ばかりでなく、軽い障害者や惰弱《だじゃく》な都会育ちの子が学級に混じっていても可能だったのか。あらゆる場合を考えて、できるだけお金をかけずに、その弱点を補うのが、教育の義務であろう。

私の見た「裏山」の部分は、少なくとも私から見ると急峻《きゅうしゅん》な山だった。もっとも報告書によると、登りやすい地点はあるという。しかし学校の校舎に一番近い部分の裏山が、子供や老人にはとっつきにくいほどの急峻な崖になっていると私には見えたのだから、そこを成形して、登りやすい道を作るのが義務ではないかと思う気持はぬけない。つまり校舎から走って行って、ほんの十メートルか二十メートルかという地点から、誰でもが登る「山の坂道の避難路」を整備すればよかったのである。

数百人の児童がいるような大規模の小学校ではない。たかだか百数十人が、裏山の崖をほんの二、三十メートル登る道を作ればいいのだ。避難路は、幅広くある必要はないだろう。人二人がやっとならんで歩ける程度でも、避難は十分に可能だったのだ。つづら折りの細い道には、できれば手すりがほしいところだが、予算がなければないで、何メートルおきかに打った杭に太い綱を張るとか、屹立《きつりつ》した木立のところどころから綱を垂らしておくとか、お金がないなら、ないなりに工夫のしようはあっただろう。

最近になって大川小学校津波大量死者発生大規模人災に関する民事訴訟を起こそうとする動きがあると聞いた時から、裏山の崖を見た瞬間の印象が私にはよみがえったのである。

なぜ、人々が裏山への避難路を作ることをしなかったのか。最大の、そしてもっとも平凡な理由は恐らく避難路建設に関する予算が、それまで大川小学校にはつかなかったのだ。

これは私だけの印象かもしれないが、このごろの学校建設は一般にぜいたくすぎる。一つの県でも地方でも、同一規格でとにかく合理的なものを建てればいいのだ。一校に必ずプールを作る必要など全くない。プールなど一校が作れば、それを周辺の学校で共同で使う規則を作ればたくさんなのだ。誰もが、おなじような待遇をされねばならないとする平等主義が、命を救う手段に予算を廻さない理由になる。

さらにもし行政が避難路建設の予算をつけない場合、親たちは子供たちの命を守るために、週末だけでも「労働奉仕」に出て、裏山の整備をすればよかった、と私は思う。

もちろん慣れない土木工事では、仕事のはかが行かないのは当然だ。しかし素人でも長い時間をかければ、初日に半段、次の週末にようやっと一段。次第にこつを覚えて、次の週末には一日かかって二段の階段らしきものを作れるようになるかもしれない。親たちの努力を見ても行政が動かなければ、見るに見かねた土地の小さな土木の会社の社長が、男気で自分の会社の人手や機械を貸してくれるかもしれない。或いはそれこそボランティア団体が手伝いに来てくれるかもしれない。

かつて菊池寛は『恩讐《おんしゅう》の彼方《かなた》に』という名作短編を書いた。大分県耶馬溪《やばけい》に実在する洞窟道をモデルにした話だ。女性問題で主人を殺《あや》めてしまった一人の武士は、やがて出家して僧侶になるが、彼に親を殺された主家の息子とのたった二人が登場人物である。僧侶は耶馬溪の断崖にかかる道で、毎年滑落して死ぬ人がいることを聞くと、罪滅ぼしにその近くの山中に一人で隧道《すいどう》を掘る決意をする。そういう彼を、仇討ちをしようとしていた主家の息子が探し当てる。

息子は初めは仇討ちしか考えないが、やがて僧侶の心のうちを聞くと、二人は並んで鑿《のみ》を振るって一刻も早い洞門《どうもん》の完成を急ぐ。開通の暁《あかつき》に、僧侶は主家の息子の手にかかって討たれる約束であった。

今日の日本では、行政がしないなら（つまり予算がないなら）、子供たちに危険があっても自分では手を出さないというのが市民の姿勢だとなっている。しかしそうではないだろう。少なくとも、昔の親たちはそうではなかった。

学校だけが子供たちの安全に責任を持つということはない。むしろ生みの親たちこそ、子供の成長と安全のためには、何でもするものなのだ。安全が守られそうになければ、まず親たちが率先して子供たちのために働く他はない。マスコミにもし人間的な任務があるなら、そうした現状を、ことが起きる前に報道することだ。

大川小学校の悲劇の結果には、日本人すべてが責任を持つと言っていいだろう。学校の他人任せの教育の実態。訴訟を起こせば正義が達成されるとする不思議な人道主義。工夫も情熱も稀薄な周辺の人々。こうした悲劇の実態が明確になされなければ、死んだ子供たちの存在を記念し、彼らの無念の思いを活かす道も開かれない、と私は思っているのである。

第3章

食事を分けるということ

十月十六日は「世界食糧デー」というのだそうだ。

その事について前日の十五日付の読売新聞はいい解説を書いてくれた。

まず食糧危機をもたらすかもしれない状況の大前提として、世界の人口増加という変化がある。私はついこの間まで、講演などで話をする時に「世界の人口は六十二億だそうで」などと言っていたが、もうこれはすっかり古いデータになっていた。今はすでに七十億を超しているのだという。それが二〇五〇年には九十億人を突破しているだろうという予想である。

もっとも作家的言い方を許してもらえば、予想というものはほとんど当たったことがない。地震だってそうだった。相模湾地震というか、伊豆半島沖地震というか、そのあたりを震源地とする大地震が近く来る来ると言われていて、来たのは東北だった。

事実、伊豆半島の東海岸付近は、一時ずいぶん地震が頻発していたのである。それがテレビのテロップにも出ず、新聞も報じなかったのは、土地の人々がその情報を報道されるのを嫌がったからだ、という噂もある。そんなに地震が多いとなると、あの周辺の温泉に客が来なくなるからである。その思いが通ったか、最近はほとんど揺れないらしい。慶賀すべきことである。

余計なことだが、有名な占い師たちの誰一人として今回の東日本大震災を予言しなかった。だからというわけではないが、二〇五〇年には人口が九十億人になるという予想だってたぶん狂うだろうと私は思う。もっと増えているか、それともそうはならないか、どちらにせよ、いささか無気味なことではあるのだが……。

その原因としては、エボラ出血熱やラッサ熱のような原因不明の感染症が原因で、大量の人間が死ぬこともあろう。エボラ出血熱の原因はまだ確定していないようである。むしろ流行の終焉《しゅうえん》ははっきりした理由もなく、対策も講ずる間もなくやってきた。それが実は無気味である。人間が病気をコントロールできない、ということなのだ。

人口が予想通りには増えない場合は、天災、こうした病気による大量死、あるいは理由が分からずに人間の赤ん坊が生まれなくなる、というような状況が発生するのだろう。

しかし考えてみると、すべての物質には必ず終焉《しゅうえん》があるのだから、恐竜時代が終わった時以上の変化で、人類や地球そのものが消滅することもあり得ない話ではない。

なぜこうも人間が増えたかという理由を、私は正確には理解していないのだが、一つにはワクチンの普及などの医薬の進歩があるだろう。或る土地に飢餓が起きると、最近では国連の組織や民間ボランティア活動がそこに食料を送ることに手を貸す。

私がアフリカと係わることになって一番驚いたのは、飢餓が始まると人間の受胎率が上がるということだった。ろくろくものを食べていない人間に性行為をする気力があるのかどうか、この点は今でもよく知らないのだが、動物は体力が落ちてきて、種《しゅ》の保存の危機を本能的に察すると、自動的に受胎率が上がるようになっているのだという。コンピュータ以上の素晴らしい探知能力である。

国連食糧農業機関（ＦＡＯ）によれば、食糧生産量を問題の二〇五〇年までに六割引き上げる必要があるとされているのだそうだが、農地の拡大は五パーセントほどしか実現できないだろうと言われている。この問題はしかし、日本のような先進国が、きっと解決するだろう。

もはや農業は土の上で行われるものではなく、ビルのような工場で、完全に管理栽培される時代に差し掛かっているように思われるからである。だから筒井康隆氏の小説にあるように、農業従事者は、毎日ビルの農業工場に背広を着て出勤するようになる。後は、管理ボードの数値をチェックしていればいいのだ。

人間の不備・不便・苦痛は何であろうと辛い。寒さ、濡れること、痒《かゆ》さ、痛み、煙い、臭い、騒音、あらゆることが、その人にとっては深刻な辛さだ。

私は子供の時から、毎日お風呂を薪《まき》と石炭で沸かす役目だった。子供だから、なかなか火が威勢よく起きない。生木の薪がひどい煙を出す日もある。風呂は主に夜沸かすのだから、たまらなく眠いこともあった。私は、眠いのと煙いのと、どちらがまだましかと本気で考えた事さえあるのだ。

その中で、空腹に耐えるということも実に辛いことだろう。空腹に対処するには、三つの解決方法しかない、と私はよく言う。飢餓のアフリカから帰ったばかりの時など、特にこのことが鮮明に自覚できた。

一つは諦めて水を飲んで寝ることである。しかし上質の眠りには、空腹でないという条件さえある。

二つ目の解決策は、食べ物を恵んでください、と言って乞食《こじき》をすることだ。この乞食たちには、万国共通かもしれないと思われる、独特のジェスチャーもある。それにも係わらず、現在でも、日本の主な全国紙は「乞食」という言葉を使わない。差別語だからいけないのだそうだ。

劣悪な状態はできるだけその状態を伝えるのが作家の任務だろう。日本の言論統制は、いまでもこうして現実から浮き上がったまま、れっきとして続いているのである。

三番目の解決法は、盗むことである。空腹は明日までガマンするのだって大変だ。「一カ月先には、食料が来ますからね」と言われても、一カ月生き延びられるのは、太り気味の栄養のいい人たちだけだ。多くの人が多分その途中で命を落とす。免疫力も落ちてしまうのである。だから手っ取り早く食物にありつく方法として、人はできれば盗むのである。

貧困の実態を知るようになってから、私は盗むという行為に対してかなり寛大になった。つまりその心情を理解したのである。しかしそのことと、盗まれるのを防ぐようにするのとは、全く別なことだということも分かった。なぜなら盗まれると、こちらの生活が成り立たなくなるからである。

私が観た素晴らしい盗みの対象は、病院の便器、トラックのワイパーとミラー、重機そのもの、枕木、電線などで、これらはすべてこうした人々を助けるために先進国が送り込んだものばかりである。しかし公共の益は、決して自分の利益や幸福とはつながらないから、人々はいくらでも盗む。

ひどいのは、停留税を払えないからというので、十四カ月も空港に留め置かれたか放置してあったＢ７２７型機まで盗まれた事件である。というか、その錆《さび》が出かけた飛行機は皆からもうあれはスクラップにする他はないだろう、と思われていて、その空港の一つの「動かないモビール」と思われていたのだが、ある日突然飛び立ち、管制塔の制止や質問にも答えず、そのまま消えたのだという事件である。

あらゆるレーダーがその行方を追跡できなかったというのだが、多分すぐ近くの外国の田舎《いなか》空港に着陸し、そのままジャングルか椰子《やし》林にわざと突っ込んですぐばらばらに解体して売ってしまったのだろうと思う。その村の人たちと同族だと、示し合わせてすぐさま機体を用意してあった椰子の葉で覆《おお》って、衛星から見えなくするくらいの知恵は持っているだろうから、不可能な盗みではない。

第一、そのボロの飛行機に、事前に密かに給油した近くの村の油屋も、飛行機を制止して見せた管制官だって、すべてぐるかもしれないのである。

それに比べれば、遺跡の石を盗むなどというのは、盗品そのものは重いけれどかわいいものだ。文化財の石だという認識はないから、骨董《こっとう》屋に売るのではなく、多分近くにある自分の家のために使っているのである。遺跡の石だって石は石に過ぎない。つまりこのカイショのあるお父ちゃんは、ほんとうに愛妻家で、妻の使う竈《かまど》のために、出来るだけいいサイズの石を持って来てやりたかっただけなのだ。

食料と水を分け合う、ということは、全ての人間的な分ける行為の中で、最もむずかしいものかもしれない。

私は一人っ子として育ったので、兄弟と食べ物を取りっこする、という最も基本的な行為を実は学ばなかった。人間として貧しく育ったと思う。どんな裕福な家でも、大勢の兄弟姉妹がいれば、おやつがでるとそこで動物的取りっこが始まる。

私の友達が今でも話してくれるのは、六人兄弟がメロンを分ける時の光景だ。もちろん子供にとってメロンをもらえる機会などというものはそんなに多くない。何か特別な時、親戚やお客がこの貴重品をくれた時だけだ。

まず母がそれを六等分する。子供の多い母親は、菓子や果物を均等に切る技術に長《た》けている。それにも係わらず、子供たちはメロンの切り身は、決して平等に均等などではないことを知っている。これも人生の偉大な哲学だ。どれを選ぶかはじゃんけんで決めるのだという。一番上の兄は、最初から眼を凝《こ》らして、大きさを見ている。そしてじゃんけんの時には、何やら怪しげなおまじないをして、一番になることを狙う。

私はこの話が大好きだ。食物の分配の時に人間は一番はっきりと自分を出す。生存権、領土問題も、この範疇《はんちゅう》に入るかもしれない。子供の時は、誰もが健康に動物になる。しかし父や母になると、自分は食べずに子供に食べさせる人間になるのである。

この友人は本当におおらかな人なので、後年、子供たちが全員巣立った後、自分だけで一度にメロンを半分食べた時は、これで生涯の夢が叶ったと思ったという。半分割のメロンは、ジュースも逃げずに、底の方でプールになっているのだから、この世で最も贅沢《ぜいたく》なものだ。地球上の幸福を一手に握ったような感じだろう。それを笑って話せる人生は、食うに事欠く人たちから見ると多分、想像を絶した豊かな生涯だったのである。

私には修道院に入った友達がたくさんいるから、彼女たちがいつも食物でも衣服でも分け合っていることを知っている。フランス語圏では「パルタジェ」するというような言い方をしている。私は浅ましいから、せっかく持って行ったお土産のササニシキとか雲丹《うに》の瓶詰めなどは、日本人のシスターだけで食べてくれればいいのに、といつも思うのだが、修道院の生活では必ず全員で分ける習慣だ。「カトリックの修道院は完全な共産主義です」と誰かが言っていたことを思い出す。

それでもなお私は、土地のシスター全員が「イカの塩辛なんて、臭くていらない」と言ってくれるのを期待していた。そうなればもう全部が日本人シスターのものだ。しかしその希望が叶えられたことはない。修道院の全員がその土地の人でも日本の「怪しげな」食べ物が好きなのである。日本人のシスターたちは、自分の食事当番の日にササニシキを炊くらしいのだが、黙っていても他の人たちが「シスター、今日のご飯は特別においしかったわ。どうやってあれを炊いたの?」というのだそうだ。こうなればもう、分かち合いをする他はない。

外国では、日本の水蜜《すいみつ》や黄桃《おうとう》は食べたこともない美味である。桃の出回る夏の頃、日本発の飛行機の中の手荷物として大切そうに桃の箱を抱えた人がいると、私は嬉しくなる。私も時々、外国に住む友達に桃を持っていくのである。桃は傷つくから決して預けられない。大切に捧げ持って運ぶことだけが友情の証である。

或る友人は中国系の御主人と結婚しているので、先ず桃をお姑《しゅうと》さんに届けるという。桃は長寿の象徴だから、お姑さんがことのほか喜ぶのである。

別の友人は私に似ていて身勝手だった。「息子たちにも分けたわ」というから私は、六個のうち四個はあげたかな、と心の中で思う。しかし後で聞いてみると、たった一個しかやらなかったという。息子の家族はデザートにその桃を四つに切って、まあ日本の水蜜の味見をするという程度だ。しかしそれほど好きな人は独占して食べていいと私は思う。それも正直な性格の表れなのだ。

だから食物は平凡なものが豊かにあるのがいい。

或る時、私たちはシンガポールから息子夫婦とマレーシアの田舎に日帰り旅行をした。昼食に、田舎町の食堂に入ると息子はメニューを見て「野菜を取ろう」と呟《つぶや》いた。それから食堂の端っこのテーブルで食べている従業員の方を見て、

「空芯菜《くうしんさい》はあるはずだよ。あの人たちが食べてるもの」

といった。客用のメニューにはなくても、このあたりで空芯菜がないことはない。空芯菜は、区画整理もよく出来ていないような田舎の自然の湿地の、汚い溝泥《どぶどろ》のような水溜まりに生えている場合もあって、それは周囲の人が勝手に刈り取ってくればいいもの

だという。

たしかにメニューにはなくても、空芯菜のニンニク炒めを作ってもらうことは可能だった。すると今度は息子は言うのである。

「さあ、楽しみだね。あんなドブドロの中に生えているような草を料理してきて、一体いくら勘定書につけてくるかなあ」

空芯菜はすばらしくおいしいというものではないが、それでも永遠のおかず野菜である。オイスターソースにも合うし、ごま和《あ》え、マヨネーズ和えにもなる。私は最近では、暑い夏には他に菜っ葉類が育たないのを知っているから、空芯菜を普通の畑に植えている。今年から種を蒔《ま》いたのでよく分からないが、暑かろうと涼しくなろうと今のところは生えている。一年中繁茂《はんも》している空芯菜の畑ができるなら、私としてはこんな嬉しいことはないが、多分冬は無理だろう。いつも暑いアジアはその点だけでも食料に恵まれている。

昔エチオピアの飢餓の年、その最もひどい地域で、私は国連の飛行機が空中投下で孤立した台地の上の人々に食料の袋を届ける作戦を見た。穀物の袋のうち、何割かは地上で破れて穀物が飛び散った。投下が終わって軍の許可が出ると、待っていた人々は、野牛の群れが一斉に走るような地響きを立てながら、散らばった穀粒《こくつぶ》を拾いに走った。

昼になると、私たちはホテルから持たされたランチボックスを、国連機の中で広げた。私の食べるには多すぎる数のパンやゆで卵が入っていた。開けられた飛行機のドアからは、二、三人の子供が並んでじっと私の手元を見ていた。

「マダム」と機内にいたポーランドの国連軍の兵士が言った。

「あなたのパンを、あの子供たちにやらないでください。今は数人ですが、パンをもらえるとなるとたくさんの子供たちが殺到して来て機体を壊されます」

食料があっても、それを配るということはさらに難しいことなのだ。私の残りのパンは、ホテルに持って帰って、そのままただ机の上に置いて帰る他はなかった。

第4章

丸ごと輸出後の実体

二〇一二年十一月九日付の産経新聞に、一つの記事が載った。
「政府が成長戦略の一環として進める『パッケージ型インフラ輸出』の底上げを図るため、鉄道や発電所など従来の事業に加え、成長分野の医療機器・サービスの輸出を強化する。日本の医療分野の技術水準や医療機材の性能は世界的に評価が高いが、今後は運営や人材育成を含めた『病院丸ごと輸出』を官民で積極的に推進。先行する欧米や韓国を追う」

こういう背景もあって、最近、医療機器・サービス輸出の日本の官民合同派遣団がイラクを訪れ、アルサッド保健省副大臣に会い、「イラクの医療市場はすべての国に開かれている。保健・医療分野の発展に、日本にも協力していただきたい」との言葉をかけられたようである。

こういう企画にはいくつもの推進力が潜在的に存在している。

まずイラクもそうだが、多くの途上国では、貧困や飢餓や内乱のために、医療のインフラも、破壊されたか、遅れたままである。もっとも私のアフリカでの体験によると、「遅れた」などというものではない。アフリカの田舎では医療機関らしいものは全く存在しない。つまり無医村である。だから最大の悲劇は、痛みを止めてもらう方途《ほうと》がない。

女性は難産で死亡する。生まれつきの障害を外科的手術によって治すこともできない、ということだ。

私は現在、マダガスカルで貧しい家庭に生まれて医療機関とは全く無縁で生きている口唇《こうしん》口蓋《こうがい》裂《れつ》の子供たちに、日本の医師によって手術を受けさせる仕事を手伝っている。

一方、先進国では、医療の技術は進歩するばかりである。近く三人目の孫が生まれる日本人の祖父は、次男の子供がまだお嫁さんのお腹にいるうちに、三次元の写真を送ってもらい、それが女の子だということも、目鼻だちまで見て知っている。

私が今でもまだ仕事をしているので、交替で家事を手伝ってくれる女性たちは、一人は六十歳代の後半で、もう一人は八十八歳である。ということは、六十代はまだ働き盛り、八十代の終わりでも、家事の手伝いくらいなら健康で働けるということだ。

アフリカでは八十代の人間が生きている姿など、ほとんど見たことがない。マラウィの平均寿命は、四十歳代後半だったと記憶する。アフリカでは老人問題というものは、日本のような形では存在しないのだ。

だから、日本人がより医療水準の低い国へ技術その他を輸出する、という気分になるのは当然なのだ。そして私はそのような仕事に反対というのではないが、現場がどの程度、現実を知っていてそういう企画をするのか、時に不安を覚えることがあるのもほんとうである。

私は四十年以上、民間の小さなNGOで働いてきて、病院や診療所に薬を送ったり、手術室に発電機を備えるような仕事の援助をしてきた。そしてその結果の経緯をかなり長い年月にわたって見続けてきたケースもある。

仮に或る途上国の首都に、病院が出来るとする。作る時には先進国の資本も技術も入り、作ってしばらくは医師や技師も先進国から派遣されて常駐する。しかし一定の約束された年月が過ぎると、派遣されたすべての人々が引き上げる場合が多い。これが麗《うるわ》しい、技術の委譲《いじょう》計画である。その国の人々を信頼しつつ教育し、先進技術が或る程度移転されたところで引き上げるという、植民地主義時代にはない、謙虚な姿勢であり、対等な関係である。

しかし世の中のことはすべて理想通りはならない。

私は形こそ少しずつ違え、或る先進国が作って去った病院を幾つも見てきた。しかしその結果の多くは、惨憺《さんたん》たるものであった。

日本人が去って半年で、エレベーターが、なめらかには動かなくなっていた病院もあった。ガタガタ音を立て体を振りながら、止まるでもなくやっとよじ登るようになっていた。どの程度の手術ができる病院か知らないが、手術直後の患者は、さだめし揺られて傷口が痛むだろうと余計な心配までしたのである。

日本ではないが、旧宗主国《そうしゅこく》が作ったと思われるアフリカの或る国の国立病院など、恐ろしいものであった。そこにはもうレントゲンさえ撮れる能力がなかった。アフリカの国で、フィルムがないから、日本から持ってきてくれ、と言われたことはあるが、その国立病院にあるレントゲンは、機械自体がもう何年も前から壊れたままで、誰もそれを直そうとはしないらしかった。気力がないのか、技師がいないのか、部品がないのか、お金がないのか、と私は考えたが、そのどれもがないのかもしれなかった。

手術室も日本では考えられないものであった。中は砂だらけ、ストレッチャーの上も土埃《つちぼこり》だらけだったのである。手術室なる場所には、患者だという婦人が一人寝ていたが、その手術台の上も、字が書けるほど、埃だか砂だかが積もっていた。

私の中で、手術室というものはこんなものだという、一つの底辺の観念ができてしまったのは困ったことであった。後年、私は足首を骨折し、チタンの釘で折れた骨を留める手術を受けたのだが、約一ヵ月ほど後、一番長い釘を一本だけ抜くという簡単な処置を受けた。長い釘だけは取っておかないと、動くべき主な骨が固定してしまうというのである。手術は局所麻酔で済んだのだが、私にとっては、その処置が一つの治癒の道程であった。その日から、怪我した方の足にも体重を掛けて立っていいということになったのである。

まだ手術室にいるうちに、看護師さんが、

「これでもう立ってもいいんですよ」

と言ってくれた。すると私は、

「すみません。靴を外においてきてしまいました。付き添いの者に、持ってくるように言っていただけませんでしょうか」

と言ったのである。すると看護師さんはくすっと笑って、

「手術室の中では靴は履けないんですよ。だから外に出てから」

と言ってくれた。

あの瞬間、私の意識はまぎれもなくあのアフリカの国立病院の手術室の中に在った。アフリカの人たちは土と共に生きていた。土の上で生み、土の上に座り、土の上で眠り、土の上を裸足で踏みしめて歩いた。手術室もまた、例外ではなかった。だから私は手術室が、土を拒否する場所だと思えなくなっていたのである。

そのような病院の血液検査室もまた、悪夢のような場所であった。流しのタイルは剝がれ、蛍光灯は天井から垂直にぶら下がったまま。二、三本の試験管は使われた形跡もなかった。その部屋もまた埃だらけだった。

もっとも村落の中のエイズ検査場なる場所はもっと完璧に何もなかった。唯の空き地に、葦簀《よしず》のようなものが何枚か立てかけられており、それが部屋に見たてられているだけだった。そのうちの一つに検査室という紙が貼られていたから、それがつまり検査室のつもりなのである。そこにはもちろんドアも壁も、台も流しも電灯もなかったし、そ

れ以前に屋根も床もなかった。

ずっと昔、アフリカの或る国で会った一人のヨーロッパ人の修道女は、夜の道をいっしょに歩きながら私に言った。

「私は長いことこの国で働いてきました。しかしアフリカの人たちにはどうしてもできないことが二つあるんです。それは急ぐことと、正確にものごとをやることです」

去年、マダガスカルの口唇口蓋裂患者の子供たちに形成外科手術をしてもらうために、日本のドクターたちを現地に送る時、初年度の厄介な仕事は、私たちの乗る飛行機と同じ便に麻酔器を積むことであった。機材は無事に届き、ドクターたちは四十例以上の口唇口蓋裂の手術を果たして帰国した。麻酔器は今年同じように医師が派遣された時、再度使った。そして昨年と同様、使い終わると、翌年まで鍵を掛けた部屋に入れて保管した。

現地にいい麻酔器がないから、私たちはわざわざ日本から枠掛けして機械を運んだのである。麻酔器というものは、電気のある世界でしか使えないことを、私は原始人のように知ったのである。

ほんとうなら、年に十日しか日本人の医師たちが使わない医療機械は、その間、現地の外科医に使わせるべきものであろう。しかしそれは誰に聞いても、アフリカにおいては賢明な処置とは言えないというのであった。それをすれば、必ず日本人医師たちが一年ぶりに使おうとする時、壊れたままになっているか、動いても誤作動をするか、部品がなくなっているのに何の警告もないか、とにかく使えなくなっているだろう、というのが大方の予測であった。

それは決してこと麻酔器だけの問題ではなかった。あらゆる人工的製品は、機械類から道路まで壊れる運命にあるが、それを直そうとしないのが途上国の相似形のような特徴であった。

そして常に同じような疑問が私たちの胸に沸き起こる。直そうとする気がないのか、技術者がどこにもいないのか、壊れた部品のスペアーがすぐにはないのか、何より金がないのか、そのどれかだろう。そのどれでもあると思われる、というのが、その都度、それに係わったことのある人々の実感なのである。

技術者も部品もどこかにはある。しかし自国にはない。呼んでも技術者はなかなか来ないし、来ても部品は取り寄せるのに何カ月も時間がかかる。その間、人間は、どんなものでも「なしでやる」癖がつく。なしでやるのも人生の生き方だ。それで済むなら、誰も努力したり、金を払ったり、いらいらしても催促の電話を掛けたり、電話がなければ時代遅れの手紙を書いたりはしないだろう。

しかしもちろん、この放置する程度は、明らかに国による。アジアの国の中には、麻酔器を預けてきても、地元の麻酔医によって完全に保管されている国もあるという話をごく最近聞いたばかりである。

道路でも水道でも井戸でも、私が体験したのはすべて同じであった。壊れても直さない、というのが、アフリカの特徴であり、原則であった。そうした「なおざり」に馴《な》れると、それは人間の心に次第に或る変化を起こさせるようになる。心自身が、腐るとも言えない或る発酵を起こして、物事を厳しく考えても仕方がない。時間と月日の流れに任せて、なるようにならせて置くほかはないのではないか、と思うようになるのである。

私は今でも私が心の中で「注射器事件」と呼んでいる体験を忘れない。日本財団が経費を出してくれていた「アフリカ調査団」が、或る国に着いたのは、その旅の日程もほとんど終わる頃であった。つまり最後の訪問国だったのである。私たちはそこで貧しい病院を見学し、五十本ほど残っていた使い捨て注射器をお土産に置くことにした。

実はその注射器は、私たちのグループのメンバーが怪我や病気をした時使うつもりのものであった。私たちのグループには、常に医師がいた。私たちのために同行したのではない。厚生労働省、防衛省などは、めったに行くチャンスもないそうした僻地《へきち》の事情調査をする機会を望んでいた。それで医師が同行していたので、使い捨て注射器も携行していたのである。旅の終わりになれば、もうその必要性もなくなりそうだったので、私たちは貧しいその国に残してくるのが当然と考えたのであった。

しかしその夜、私は途方もなく気が滅入った。あの注射器は、どういう使われ方をするのだろう。明日一日だけで、あの荒れ果てた病院に来る患者は、五十人では済まないと思われる。とすると、院長はあの注射器を、この土地の金持ちにだけ使って高い材料費を取り、自分の懐に入れるか、最初から注射器をどこかに売り飛ばす算段かもしれない。

さらに悪い構図が私の頭に浮かんだ。使い捨て注射器は、もともと煮沸《しゃふつ》消毒できないプラスチック製だから、熱湯に入れれば筒が曲がってしまうと考えられている。もともと医療器具の極度に不足しているこの土地で、もしあのプラスチック製の注射器を、（煮沸消毒はできないから）ただお湯で洗っただけくらいで再使用したら、エイズ感染の機会をさらに増やすだけだ。我々は、あの注射器を病院に置いてきた方がよかったのか、それともやはり後のことを考えて、あげないでおくべきではなかったのだろうか。それが私の気が滅入る理由だった。

新聞によると、最近、世界各国は、医療インフラの名の元に、「建設や機材供給に加え、運営などをパッケージにした『病院丸ごと輸出』を展開し、実績を重ねている」という。日本もその実績に追いつけ追い越せ、ということだろう。

しかし記事を読むと、そうした丸ごと輸出の対象国は、主にアラブの産油国である。それなら日本にもできるだろう。ただし器具の使用法や薬の説明書にちゃんと英語かフランス語の説明書をつければ、の話である。

しかしほんとうに貧しい国向けに儲けの幅のあるような輸出などしても、同時に、医師とメンテナンスを行う技術者も常駐させなければ、輸出した機械を常時使えるようにしておくことはできない。半年も経たないうちに壊れて使えなくなる。

そうした技術者たちが途上国に常駐してくれるかどうか。期待する方が無理だろう。道路は未舗装。路線バスもわずかしかなく、本屋もなく文房具もろくろく売っていず、スーパーもごくわずかな輸入品を並べるだけという土地に、移り住んでくれる人がいるとは、私は簡単には思えない。

とすると、別に日本から丸ごと輸出しなくても、既にそれなりの生活程度で住民は生きてきたような土地ばかりだ。つまり日本の高度の医療設備の丸ごと輸出は、日本の金儲けのためだけである。それでいけないとは言わないが、高い能力の機材を売りつけて使いこなせない病院も出るだろう。つまりきわめて不実な商行為ということになる。

アラブの産油国の人々は、自国にがんや心臓の専門医がいない場合、よく複数の妻を連れてマレーシアやシンガポールの病院にやって来ていた。病気の妻は入院させ、残りの妻はホテルにおいて買い物をさせたり、遊園地で遊ばせる。社会全体にイスラム教を受け入れる下地も知識もあるから、彼らは楽しい入院生活、付き添い生活ができるのである。そして充分にお金を落として行く。

しかしほんとうに病院を丸ごと輸出しなければ病人を救えないような国では、メンテナンスが全くできない。病院を作っても、道路や鉄道を作っても、すぐに壊れて使い物にならなくなるだけのことだ。

こうした現実をどれだけ知っている人がこの事業にかかわるのか。「イラクの派遣団では、生体肝移植の権威とされる日本人医師らも同行し、現地の医療人材育成も含む日本版『病院丸ごと輸出』戦略も視野に入れる」と新聞は書いている。

イラクでサダム・フセインが殺された頃、土地の病院の映像がテレビに出て、私は「イラクは何という先進国なんだろう」と驚いた覚えがある。あんなきれいな整った病院は、アフリカではほとんどない。宣教師が作り、今でも白人の修道女たちによって運営されている特殊な病院だけだ。

先日、マダガスカルから医師を目指して日本に留学中の医学生に「形成外科の志望者はお国にはたくさんいますか?」と誰かが質問したところ、「形成外科というものの存在を知らないし、見たこともないから志望者もない」という返事だった。

現地の人材育成をして、技術の委譲を試みる、などという案も、アフリカではおそらく長い年月がかかる。短い視野でみれば、ほとんど不可能と言えるのである。

第5章

私怨とクリスマス

我が家で家事を手伝ってくれる女性は日系ブラジル人で、もう日本の生活も長いのだが、年末近くなると毎年「もう町はクリスマスの飾りですよ。早いですねえ。日本ではクリスチャンも少ないのに」と驚いている。クリスマスのデコレーションが眼につくのが、十一月になって間もなくだったりすると、今年のように残暑が長かった年には、まだ意識がクリスマスの方に向かないのである。

もちろんこれはデパートなどの商戦に係わる問題で、売れ残りがないように、早く年末の景気をもり立てたいのだろうが、やはり私もおかしく思うのは、日本にはわずか三百万人しか新教旧教を合わせてキリスト教徒がいないのに、皆がクリスマスにだけは抵抗なく参加することである。その信者数は、八千四百万人とも言われる仏教徒に比べてきわめて少数である。

もし私が、我が家の子供や孫を仏教系の幼稚園に入れたとしたら、その時には、当然お釈迦《しゃか》さまに関するお祝いの日などの行事もあるだろうから、私はそのどれにも、喜んで、礼儀正しく参加するように言うだろうと思う。私はカトリックで、カトリックの中には他の宗教の行事への参加を一切認めない人もいるが、聖書の教えはそうでない。

初代教会を作った功績者パウロは、まだ教会の組織自体も弱体で問題山積していた時

代に、多神教の地盤であるギリシャ地方にも一神教のキリスト教会を作っていったのだから、あらゆる困難に対処しなければならなかった。パウロはその中で決して他の宗教の信者を排斥《はいせき》したりしなかった。むしろ、

「律法《りっぽう》に支配されている人に対しては、私自身はそうではないのですが、律法に支配されている人のようになりました。律法に支配されている人を得るためです。（中略）律法を持たない人に対しては、律法を持たない人のようになりました。律法を持たない人を得るためです」（『コリントの信徒への手紙』一　9・20〜21）

と彼は書いているが、それは誰にでも気に入られるために、妥協したり、おべっかを使ったりせよ、ということではない。どの人にも、それなり

に存在の歴史と思いがあるのだから、決して拒否せずに、礼儀正しく理解し、和解に努めるように、ということなのである。

日本の一部のキリスト教徒は、戦争中の戦死者への尊敬を示すためであろうと靖國神社に参るのはキリスト教の信仰に反する、というが、そういう教義は聖書のどこにもない。

イエスはしばしば、自分の信仰と対立する人、罪を犯している人に対して、「この人のするままにさせておきなさい」(『ヨハネによる福音書』12・7)という言い方をしている。厳しく罰せよ、とか、同調してはいけない、とは言っていない。相手に無理な転向を強《し》いてはいけない、激しく非難してはいけない、穏やかに時を待て、というやり方なのだ。それは、信仰とは、他者の存在を認めつつ、静かに自分を失わないことを示しているのである。

私は幼稚園からカトリックの学校で育ったが、ヨーロッパ人のシスターたちから、「あなたたちは、神道や仏教徒の家にお嫁に行くかもしれません。しかしその時は、率先してその家の神棚やお仏壇のお掃除をしなさい」と教えられた。キリスト教の信仰は寛容を基本としている。

私は六十歳から八十歳まで、シンガポールという土地と深く係わって過ごした。古マンションを買って、始終そこで暮らしていたのである。シンガポールは、中国系の人の信じる仏教、ヨーロッパ人や中国人やアジア系のフィリピン人などに多いカトリック、インド人のヒンドゥ教、マレーやインドネシア系の人の信じるイスラム教など、人種と信仰の坩堝《るつぼ》であった。

政府もその点にはうんと気を使っていて、融和を図る意図はよく見えていた。違った信仰を持つ人たちが、イスラムの人たちのモスク建設に働いたりしていて、それが大きなニュースになったこともあった。

私はシンガポールで、イスラムの、というよりマレー系の女性たちの着るジュバと呼ばれる足首まで隠れる長着を愛用するようになった。少しキラキラ趣味なのだが、マレー人の集まる町でつるしを買うと、どこもなおさなくても、私にぴったりの寸法だからであった。ナイロン製で刺繡《ししゅう》までしてあるのに、洗濯機で洗え、涼しくて肌は日焼けせず、しかも千五百円くらいの値段である。

この服装はマレー系の人にとっては当然、外出着になるが、私にはそれができなかった。まず服装として整えるには、必ずヴェールをかぶらなければならない。一度私は、そういう衣服でイランへ旅立ったことがあるのだが、毎日のように会っている知人の家の運転手さんが、私だとわからなかったくらい、服装で人が変わってしまう。これは便利なようだが、心の中まで変装しているようで、あまり居心地のいいものではない。

他に一番の実質的な不便は中華料理屋へ行けなくなることだった。この服装は、それだけでイスラム教徒だということを示しているから、「どうしてこの人は、食物として禁じられている豚肉を出す中華料理屋などに来たのだろう」とかなり訝《いぶか》しい眼で見られるのは明らかである。夫はシンガポールでは毎日ほとんど中国系の料理を食べたがるから、女房がそんな不便な服装をすることは困るのである。

私がただ服として気に入ったからと言って、イスラム教徒の服を信仰と関係のある場所に着ていくことはできない。こういうことに日本人はかなり鈍感でいられる。そんな事件はまだないけれど、もし狭量で変人のイスラム教徒がいたら、ジュバを着て焼き豚丼を食べている私を見たら、いきなり殴りかかるかもしれない。

イスラムの人たちは「イードアルアドハー」と呼ばれる犠牲祭の時、いまでも生きた羊を犠牲に捧げるが、何千頭という羊は、オーストラリアやニュージーランドから、その目的のために輸入されるので、シンガポール政府はその確保のためにけっこう気を使っているように見える。羊は、決められた期間、シンガポールで飼われたことにした後で、各家庭でそのための専門家によって屠《ほふ》られ、その肉は親戚縁者や近隣の困窮者に配られる。

シンガポールでは、あらゆる異なった文化と信仰を持つ人たちが、混じり合って生活をしているが、信仰の本質に関しては、きちんと自立している。もちろん最近のことだから、イスラム教徒の若者たちも、クリスマス模様のついたラッピングペーパーを使ったプレゼントの箱を商店から渡されれば、それを抱えて歩くだろうけれど、信仰というものはかなり厳粛な、その人の思想、生き方の基本とつながりのあるもので、社交や流行や商売に使うものではない。その恐ろしさを知らないで、平気で社会をあげてクリスマスを商売にしている日本人は、つまり恥の感覚もなく、人間の魂に関する教養もないことを如実に示しているのである。

日本のキリスト教会で、全く教えないクリスマスの意味がある。それは、イエスがユダヤ教徒として生まれ、ユダヤ教の社会で育ち、ユダヤ教徒としての一生を終えたという重い事実だ。

誕生の時から、イエスはセム文化の世界の只中にいた。だからこそ、その誕生の事実は深刻になってくる。

マリアは、いいなずけのヨセフと生活を共にしないうちに、天使の御告げを受けて、聖霊によって身ごもっていることを知ったということになっている。ヨセフは優しい人だったので、妻を庇《かば》い、一時は密かに縁を切ろうと考えるが、主の天使が夢に現れて、マリアの胎内の子は神の子であると告げられる。それでヨセフは、あたかも自分の子供であるかのように世間にはふるまった。

しかし当時の狭い社会で、そのようなことが通用するとは思えない。村人たちは、マリアが実は、当時は石打ちの刑にも値した大きな罪であった姦通《かんつう》によって、ヨセフのではない子供を妊娠したのだと思い、公然の秘密のように侮蔑《ぶべつ》とともに噂話を言いふらしていたに違いないのである。

父親のはっきりしない子が、セム人の社会にとってはどれだけ大きな屈辱か、日本人は想像することができない。今の日本では新しい思想をもった未婚の母があちこちにいて、ほとんど非難する人などいない。しかしセム人の社会は違う。

今でもイスラム教国では、入国の際に提出する入国カードに、各人の父と祖父の名まで書かせる。日本人の携行する書類には、そんな記録は一切記載されていないのだから、その名前がほんものかどうかなど誰にもわかりはしないのだが、それでも記載欄はある。

昔、私は一人のアラブ女性と一緒に旅をしたことがあったが、その人は少々変わった経歴の持ち主で、父が誰なのか母から聞かされていなかった。彼女は久しぶりに生まれた国に帰って来て、その入国カードを見ると激しく動揺した。「どうしよう。私はお父さんもお祖父さんも知らないの」というわけだ。

一方、私は平気なものだった。お祖父さんの名前くらい、いい加減に書いておけばいいじゃないの。何なら私のお祖父さんの一人の名前を貸してあげる。それがいやなら、今の日本の総理大臣の名前を書いておいてもいいのよ、という調子だ。

しかしアラブ人の感覚ではそうはいかない。生まれると同時に多くは「いとこ」と婚約者の関係になり、そのまま結婚にいたる間、女性は一人前に生理が始まると、もう父や兄の付き添いなしには外を歩かないのが、アラブ人の一般的な暮らし方である。純潔はそれほど厳しく守られる。

だからマリアが姦通の結果としか思われない子供を産んだとすれば、その子は「豚の子、犬の子」以下の見下げ果てた存在だと世間は受け止めるのである。

人間の出自《しゅつじ》は、その人が努力で左右できる問題ではないから、その人の生き方とは全く関係ない。もっとはっきり言えば、出自を自分の置かれた立場の言い訳にするな、というのが現代の日本人の感覚である。

親の生まれがいいから、自分も偉い、などという意識を持つ人がいれば、「あの人はバカか」と思われるだけだろうし、「親の生まれが悪かったから、自分の一生は芽が出ないんだ」と言い訳に使う人がいたら、「何を言うか。そんなことが失敗の理由になると思うか。甘ったれるな。問題はお前自身だ」と誰かから怒鳴られても仕方がない。

しかしイエスの時代には、そうとは言えなかった。イエスはおそらく機会あるごとに、公然とか密かにか当然のようにか、蔑《さげす》まれ、追いやられ、末席に坐らされ、あれは人間の屑だ、という扱いまでされただろうと思う。

今でも、セム系の人々の名前の名乗り方は、日本人と構造が違っている。彼らは、まず自分の名、次に父の名、次に祖父の名を並べる。生まれた土地を示す固有名詞がつくことはあるが、名字にあたるものはない。祖父の名を延々と連ねるのは、自分の出自が世間に堂々と通用するような折り目正しい家系にあるのだということを示すためだという。

新約聖書も、『マタイによる福音書』の冒頭のところで、「アブラハムの子ダビデの子、イエス・キリストの系図」なるものを記しているが、ただ「このマリアからメシアと呼ばれるイエスがお生まれになった」という文章になっている。

イエスはいわば、社会の底辺に生まれた。ナザレという小さな村の平凡な大工の一家の暮らしは、ひもじいことはなかったろうが、その生涯は最後まで穏やかなものではなかった。その死も、苦痛が長引くはずの刑死だった。

イエスが十字架に架けられた後、午後三時に死亡したのは、むしろ短すぎる。ローマの兵士が槍でその胸を突いた時、水が流れ出たという記述から、イエスは当時湿性肋膜《ろくまく》炎《えん》を病んでいて、それゆえに体力が衰えていたので、比較的死が早かったのだろう、という医師で神学者の研究もある。

希望に満ちて生まれて来るのが、現代人の当然の権利と言われる。誰もが、人間としてまともにあしらわれ、穏やかな生と死を与えられて普通だと考えられている。しかし、イエスの生涯がそうではなかったことに意味がある。

だからクリスマスは、凄《すさ》まじい生涯を示した一人の人物が生まれた日として姿勢を正して語られねばならない。贈り物だの、ぶどう酒だの、パーティーだのと浮かれる日ではない。

イエスが十二月二十五日の生まれではなかった、というのは、大方の学者の認めるところだ。しかしいずれにせよ、寒い時であった。マリアはお産をする穏やかな場所もなかった。現代人も病院をたらい回しにされる恐れを持つが、それ以前に、マリアは宿屋も見つけられなかったので、馬小屋と言われるが、実は洞窟に身を寄せてそこで一人で赤ん坊を生んだと思われている。

誰一人として祝福する親戚縁者も、友人たちも、周囲にはなく、当時、「地の民（アムハアレツ）」として卑《いや》しまれていた羊飼いが、最初にお祝いを言いに来た、ということになっている。

近年、日本人は子供の数も少なくなり、時には最初で最後のお産体験だから、豪華な、セレブ向きの病院で生むことがはやっているという。しかし今なお地球上の多くの女性たちは、イエス時代とさして違わないような状態で子供を生む。さらに内戦のあるような国では、逃げまどいながら子供を持つ人たちもいるのである。

飢餓が激しくなると、人間は栄養状態が悪くなって子供もできなくなるのかと私は思っていたが、驚くことに、却って受胎率は上がるというのだから、貧民ほど子沢山という現象が出て、馬小屋の出産も決して珍しいことではなくなるのだ。

さらにその子が、高い乳児の死亡率の中で何とか生き延びたとしても、若者がまともな生涯の設計を立てられる国はそう多くはない。小学校を出るのもやっとで、仮に成績優秀、負けん気があって高校、大学を出られたとしても、そのまま失業者として生きる他はない国などざらである。

電気のない国には民主主義がないのだから、部族支配の枠の中と、身内贔屓《びいき》や汚職の社会構造の中で、イエスのような最下層に生まれれば、日の当たる暮らしをする希望はいよいよ薄くなる。

クリスマスはどういう日かも知らず、ただ買い物や贈り物をしたり、どんちゃん騒ぎを期待する日だと思っている人たちを作ったのは、親たちと教育者たちの無知のせいである。どういう理由にせよ、こういう現象を止める根拠はない。昨今「理由は何でもいいから、お金を使ってくれればいいですよ」という人もいるが、信仰と無縁のクリスマス騒ぎを見ていると、毎年虚《むな》しい思いをする。

私は昔から、不幸はその人の財産だ、と思ってきた。不幸は社会のひずみで、つまり自分がこんなになったのは社会が悪いからだ、として社会運動に奮起する人は、私有財産を社会にただで返してしまっているようなものだ、と私は思っている。

すべての個人の女々《めめ》しい私怨は、長く長く一人で胸の中で育て、私有財産として生涯使えば、いろいろ仕事ができるのに、と思う。少なくとも作家たちの中には（私もその一人だが）そういう形で、自分の不幸や負い目を大切にして来た人も多いのだ。

第6章

雪まみれの想定外

一月十四日に降った大雪はなかなか劇的なものだった。なにしろ十四日は成人の日だったのである。

昔の成人の日は、一月十五日と決まっていて、誰もが覚えられた。しかし今は毎年変わるので、当事者とその家族しかほとんど興味を持たない。ついでにいえば、日本の休日は減らす方向にもっていくべきだろう。こんなに休んでいて、一国が繁栄に向かうはずがない。

私が行く美容院の若者は、よく私に聞く。

「お正月休みは東京ですか?」

それがどんなとんちんかんな質問か、もちろんわからなくて当然だ。私は暮れもお正月も働いている。原稿を書くか、家を片づけるか、料理をするか。のんびりとハワイに遊びに行くような休みなど、一年中、取ったことがない。私はそれが楽しいのだから、それでいいのだ。今のような休みの多さは、金持ちのドラ息子の仕事ぶりだ。

職人と名のつくような人たちも、一年中働いているはずだ。仕事が楽しいのだから、私と同じで別に同情することはない。私は少なくとも道楽で働いている。

しかしさらについでにいえば、企業は毎日、もっと社員を人間らしい時間に家に帰り

つけるようにしてやらなければならない。ことに大学以外の教師の生活は人権無視だという。夜九時まで、雑用のために学校に留まっている。家に帰れば十時。それから、食事と入浴。家事的な雑用の時間もいるだろう。教師たちは、意味のない報告書書きなどの業務に、疲れ切っている。

教育が骨太で生気に満ちた精神の基本を失い、壊滅的な事務的仕事になるのも、こうした劣悪な労働環境のせいである。

一月十四日の成人の日、大雪に泣いたのは、恐らく生まれて初めて着物を着た新成人だったろう。何しろ寒さにも雨にも無防備だったのである。

昔は着物を着る人は、雨の日の備えも、雪の日の防寒具も持っていた。雨の中で草履《ぞうり》を履き、足袋《たび》をぬらして凍えて歩くような無防備なことはしなかった。濡れる日は（木でできていて歯のついた）下駄を履き、爪皮《つまかわ》と呼ばれる雨よけをつけて足袋の汚れを防いでいた。無防備ということは、やはり人生の姿勢として端正でも美しくもない。

しかし一番惨めだったのは、あの「制服のような白いショール」だった。恐らく貸し衣装にも、あのショールがついているので、安く済むのだろう。

しかし髪にやたらに飾りをつけ、振袖にあの白いショールをかけ、Vサインをして写真を撮られるような女性は、うっかりすると、将来男に騙されて金を奪われ、あげくの果てに殺されるような目に遇う。

その理由は、皆が着ているからと言って、没個性《ぼっこせい》の象徴のような白いショールを平気で身につけるような女性には、分析の能力も、生きる美学も、自分を保つ個性も、社会の流れに抵抗する精神も持っていないからだ。そして現に時々注意して眺めると、犯罪被害者の写真の実に多くがVサインをしているのに気がつくはずだ。

この点については時々書いているのだが、Vサインは、「勝利」の意味だろうが、彼らは何に勝ったのかよくわからない。とにかく写真に映る時は、反射的にVサインを出すように、野放しで育ったのだ。Vというより蟹の爪である。こういう意味のないポーズを取ることに対して、親や先生は、幼い時から、厳しく禁止すべきなのだ。

人がしているからと言って、意味がわからない行動を平気で採れるという心理は、将来無批判に恐ろしい暴徒にもなれるという可能性を示している。だから白いショールをして何も考えずにVサインをする娘たちは、極めて貧しい教育しか受けていなかったのだ、つまりあれは無教養の表れだと私には思えてならない。

しかしとにかく、晴れ着が雨に濡れたのは、あの日、一番の気の毒なことだった。

雪の前日に海の家に行った私は、雪が降った日には家の中で蟄居《ちっきょ》し、その翌日、いつものだぶだぶの防寒着を着て、魚の卸屋の大きな鮮魚店に行った。その日お客様をするつもりだったので、ブリの刺身用のさくを買う予定だったのである。刺身の材料をしゃぶしゃぶにすると、これがなかなかおいしいのを、最近発見したのだ。

築地などの大きな店は別だろうが、海辺の土地の魚屋の売り場の商品は、鋭敏に天候に左右される。私はオコゼのから揚げが好きなのだが、オコゼに出会うことはなかなかできない。だから幸運にもたった一匹でも見つけると、他の客に買われてしまわないように大急ぎで自分のバスケットに入れる。

漁業民は、その収穫の不安定さのゆえに確かに投機的だ。その日採れたものしか食べられないので、毎日の献立《こんだて》は変化せざるを得ない。しかし農業民と牧畜民は、穀物や、好きな時に屠《ほふ》ることのできる家畜を、備蓄することが可能だから、毎日の暮らしの予測ができるのである。だから三百六十五日、同じものを食べている。

反対に日本人が、欧米人のように毎日同じものを食べるのを嫌うのは、毎日の食事の内容を変化せざるを得ないという漁業民的事情がDNAの中に組み込まれたからだろう。

ところが最近は漁業の農業化が行われている。養殖だ。私の買おうとしているブリは恐らくは養殖だ。しかし安定して毎日必ず売り場に並んでいる。お値段も大変安い。その割に味はかなりいい。「朝〆め」（今朝殺しましたという残酷な表現だが）のブリは、予定的食材としてはかなりいいものになっているのである。

ところが、である。大雪の翌日に限って、ブリの刺身のさくは、売り場に並んでいなかった。

「ブリはないの？」

と若いお兄ちゃんに聞くと、

「トラックが来ていないからないよ」

とあっけらかんとしたものだ。

トラックが来ないということは、末端の部分の理由を言ったのである。つまり店の前で見えるはずの光景が今日は見えないということから「ない理由」を述べたのである。彼は元の方を考えない。ほんとうは大雪で漁船が出なかったか、仮に出て、市場が開かれたとしても、輸送のトラックが高速道路の閉鎖によって動けなかった。そういうことだろう。

私は仕方なくカンパチを買って帰ることにした。

さてお客の方も大変だった。何しろ大雪の翌日にはなっていたので、なんとか道路は動いているだろうと推測して、車で埼玉の家を出た。高速の乗り口に近づくだけで二時間かかって、これはだめだと判断した。

ぎっしり詰まった「高速道路に乗るための列」から脱出するのにもかなりの時間を要した。また混んだ一般道路を、家まで車を置きに行った。こんなことは、そこに住み出して初めての体験だった。

電車に乗ることにして再び二時間。合計六時間。「新幹線だったら、博多までいらっしゃれたかもしれませんねえ」と私は労《ねぎら》ったつもりだったが、皮肉に聞こえたかもしれない。

夕食は、ブリしゃぶではなく、カンパチのお刺身だった。それが皆で食べても少し余った。でもまたお昼ご飯抜きだったお客は、もういっぱいご飯を食べられそうだった。私は台所に立って行って、カンパチの残りを煮ることにした。とにかく刺身の材料を煮つけるとなかなかおいしい贅沢《ぜいたく》な味になるのである。しかも煮魚を、お汁ごとご飯にかけて食べるのがいい。昔なら、お客の前では絶対にやってはいけない、と親たちに言われた禁断の懐かしい味だ。

ブリの刺身か、と私はその夜、一人になると独りごちた。必ずあるはずのブリの刺身が、その日に限ってなかった。代わりの魚の刺身を煮たら、これが大受けだった。何もかも、想定外。大雪も想定外。一日、想定外だらけだった。文学はたいてい想定外を書くものだ。

数日後に東京に帰った。

ひさしぶりで、ゆっくり新聞を読んだ。

ニュースの主なものは二つだった。

一つはアルジェリアで、武装勢力が東部のイナメナスという町にある天然ガス関連施設を襲い、数人の日本人を含む外国人を連れ去った。今この原稿を書いている時点では、詳しい情報は入っていない。

二〇〇八年に私がアルジェリアのコンスタンティーヌの高速道路の建設現場を見せてもらうために行った時（コンスタンティーヌは、現在では比較的安全と言われる北部の町だが）、働いている数百人の日本人たちは、高い塀と見張り塔に囲まれた宿舎にいた。仕事が終わってから、いっぱい飲みに町へ出るなどということは、夢のまた夢である。

アルジェリア人は人種的にアラブ人が主で、イスラム教徒がほとんどだから、飲み屋もないだろうし、第一高い塀の中の現場宿舎の入り口には、軍だか警察だかの武器を持った護衛がいて、外出にも武装した車両が警備についていた。

「昼間、イヤだなあと思った上役と、夜になっても付き合ってビールを飲まなければならないのは、つらいでしょうねえ」

と私は勝手に同情した。それでも、道を作りたい仕事師の土木屋が集まって、当時既に数百台の重機を、衛星を使った自動操縦装置によって二十四時間動かすという集中的作業を可能にしていたのである。

もともとあらゆる都市や、人里離れた土地に築かれた修道院は、すべて城砦《じょうさい》の形を取っていた。外敵からの防備なしには、全く生きられない現実が取り巻いていたのである。

しかし今回、東部は危険だということはわかっていたので、そういう土地で働く人たちは、それなりに防備していたでしょうに、という現地通の談話も出ている。

しかしこういう場合も政府の発表というのは、ほとんど国民をばかにしているとしか思えない。総理が、全力をあげて、邦人救出のための組織を急遽編成し、鋭意情報を集めるように指令した、という手のものである。

そんなこと言わなくても当たり前だろう。官房長官の談話を発表するためにニュースをわざわざ中断したので、何か新しい情報が入ったのかと思うと、外遊中の総理と同じような命令が伝えられるだけである。

国民をあまりばかにしてはいけない。国民すべてが、急遽、救出の組織を作り、集められる限りの情報を迅速に集め、解決のために全力をあげるのが当たり前だと考えている。そんなことをしなかったら、むしろ異常な人間なのだ。だから今さら政府が、この程度のことを事新しく言うような幼稚なことは、やめてもらいたい、と私は感じている。

さらに情報を集めると言っても、普段からアルジェリアに深入りしている政治家はほとんどいないだろう。危機管理とは、そういう人材をも用意して作ることだ。誰の眼にも、政治家たちの関心は、国内の、選挙の票に向いているだけだ。だから情報も集まりようがないだろう。今回の引き金になったのは、隣国のマリ情勢の混乱だという。

この広範なアフリカは、部族社会だから、私たちが見る地図上の国境でことが動いたり、解決したりすることはほとんどない。現実は、部族がどう散らばっていて、どことどこがどう繋がっているかを認識していることだろう。

外国でも私が土木の現場によく行ったのは、現場の方が、大使館より民情をよく知っていたからである。日本大使館で、村の労務者の職種別日当を把握していて、私に答えてくれるような人々はあまりいない。羊一頭が村の市場でいくらで売買されているかを答えられる人はほとんどいなかった。羊一頭、セメント一袋がいくらか、その値段から人質を買い戻す場合の相場交渉の余地も決まって来る、と私には思われるから、値段は必要なデータなのである。

人質が無事に帰る場合でも、表向きは必ず慈悲で帰って来た、ということにされる。しかし中近東・アフリカという土地も、表向きがあれば、必ず裏向きも濃厚な土地柄だ。彼らは建前と本音が大きく違う人たちだ。そうした二重構造を、時には東大法学部出の秀才も理解しないので私は大きく腰を抜かしそうに驚いたこともある。

もう一つの大きなニュースは、最新鋭機と呼び声の高かったボーイング社の旅客機Ｂ

787に連続して電池の部分から異常が発生し、そのためにアメリカ連邦航空局（FAA）が、原因が究明されるまで、世界中を飛んでいる四十九機の同型機の飛行を禁止した。日本の航空会社が所有する同型機は二十四機。ボーイング社の株も暴落したという。

私の非科学的な頭は、この飛行機の胴体が「金物ではない炭素繊維」だということにまず驚いている。昔はバケツでもなんでも、丈夫なものはすべて金物だったのである。ボーイング社のニュースほど大きくはないが、中国でフカヒレの材料の七〇パーセントが偽物だったという省もあるという。「世界のフカヒレの一番の産地は気仙沼ですよ」と教えてくれる人もいた。私はフカヒレは高いのでほとんど食べないから、大したことはない。

記録的な大雪の日から僅《わず》か数日の間、私の周囲は、予定がその通りに行かなかったことばかりである。

「想定外というういいわけは許さない」

という人が東日本大震災以来、たくさんいる。しかし私は単純な実証主義者だ。そうすると、私の周囲はこんなにも常に想定外のことばかり起きるのである。

一体どういう人が、人間の社会に想定外のできごとを許さないというのだろう。想定外を許さないということが実際にできると思っている人と、私はとうてい運命を共有することはできない。

しかし、だからと言って安全も何も放置すればいいというのではない。ボーイング社の事件は、私の興味を引く。日本の電池の会社も、電池を作っているパーツの性能の究明に全力を上げるだろう。細部を探求すれば、事故の責任を負うべき部品が特定され、それが結果的には解決と安全に繋がる。しかし人生のことは常に永遠に「想定外」の連続なのである。

私はいつも人生は素晴らしい、と感じている。何も英語で言わなくてもいいのだが、「ライフ・イズ・ワンダフル」なのである。そして素晴らしいということを示すワンダフルという形容詞は、「フル・オブ・ワンダー」の意味だ。つまり、意外性に満ちているということだ。

意外性のない人生は、つまり素晴らしくないのだろう。それを知る時、初めて人間は謙虚にもなる。少なくとも私は、自分の想定外を、はずかしい無知の結果と思うより、運命の偉大性をかいま見る瞬間として愛し続けるような気がしている。

第7章

ぶどう畑とゼラニュウムの土地

去年、二〇一二年十一月、私は久しぶりで函館を訪ね、トラピスト修道院に高橋正行《まさゆき》、重幸《しげゆき》のご兄弟神父を訪ねた。重幸神父は私の一歳年下だが、長年信仰上の指導者であった。最近も私は神父が送ってくださった『カルメル　今日の霊性』という小冊子の中で書かれている「アルジェリアの白い殉教者たち」という記事に深く打たれたことを感謝しようとしながらさぼっているうちに、今年になってイナメナスの日揮《にっき》の日本人職員が犠牲になる事件が起きた。

「アルジェリアの白い殉教者たち」には一九九六年にアルジェリアで起きた七人のトラピスト会士拉致《らち》と、その結果としての殺害・殉教《じゅんきょう》のことが書かれているのだが、高橋神父は、一九八四年、フランスで行われたトラピストの総会で、三週間、殉教した一人、アルジェリアのトラピスト修道院院長のクリスチャン神父と一緒に仕事をした。

そのような経緯もあって、一九九六年のアルジェリア事件は、あまりにも生々しく今回の日揮の事件の背後の空気を語っているように思えたので、私がその概要を紹介する許可を得たのである。

高橋神父はまずアルジェリアという国土の自然について語る。総人口三千五百万人のうち、九五パーセントが北部に住む。つまりサハラの北である。首都アルジェから南下

してアトラス山脈を越えると、途端に熱風が吹き始め、そこからがサハラ、つまり水一滴ない砂漠で、人間の住むに適さない土地になるからだ。サハラは、国土の面積の九〇パーセントを占めながら、人口はたった五パーセントしかいない。

国家の信仰はイスラム教で、キリスト教の宣教は許されていない。神父たちは住民に聖書を手渡すこともできないし、洗礼を望む人がいても、フランスなどに行かなければならないということを、私は今回初めて神父の記事で知った。

神父は一九九六年のデータで事情を説明する。その年、人口三百万以上あった首都アルジェで、カトリック教徒は僅《わず》か二万一千人。サハラ砂漠以南には僅か二百五十人しかいなかった。しかし過去にこの土地は、「教父たちの宝庫」だったのである。テルトリアヌス、チプリアヌス、聖アウグスティヌスなど、偉大な名前はこの土地から生まれたのである。

しかし異教徒の進攻も激しかった。五世紀にワンダール族、七〜八世紀には回教徒の襲撃を受け、七〇九年には、オスマン帝国の支配下に置かれた。

一八三〇年、フランス軍が進攻して植民地とした。一八三八年にはアルジェにカトリックの司教座が復興し、その年、トラピスト修道院も創立されたのである。彼らは首都アルジェの西十七キロのスタウエリという荒れ地をその場所に選んだ。それより十三年前にはフランス軍が上陸した地点だが、当初は、まだ戦火の跡も、沼地の木立も立ち枯れたまま残っているという荒れ地だった。

闘いと荒野の気配の濃い土地を、修道士たちは開墾した。それがトラピスト精神なのである。荒れ地を耕すことによって、神の国の優しさを感覚的に示す四百二十五ヘクタールのぶどう園と、三十ヘクタールの見事なゼラニュウムの花壇が生まれた。アルジェリアの産物の一つにはぶどう酒があり、ゼラニュウムは水をあまり必要としない強靱《きょうじん》な植物である。

その間に二十五人の修道士が過労のために死んだ。それが修道院というものだ。そこでは、人間の生きる価値が俗世と違う。

修道士たちが激しい労働に疲れ果て、修道院長のところに「こんなに厳しい仕事が続くと、死んでしまいます」と文句を言いに行ったら、フランス人の修道院長から「死んでいけませんか？」と聞き返されたという体験を持つ日本人神父もいる。

北アフリカの土地は、どこも死屍累々《しいるいるい》の歴史を持っている、といつも私は思う。土地の人たちは、厳しい気候、食料や悪い水のためにとうてい長生きはできなかったろうし、白人たちにとってもアフリカへ行くということは、死を覚悟する人生の決定だった。

彼らはマルセイユを船出するときに、最後に丘の上に立つ聖母（ノートルダム）像に見送られ、母の視線を感じて慰《なぐさ》められる。そして短い航海の後、地中海を横切ってアルジェに着くと、そこで再び丘の上に建つアフリカの聖母（ノートルダム・ダフリック）に迎えられるのである。

しかし現実の生は厳しいものだった。

アルジェのノートルダム・ダフリックの下にある墓地には、若くして病に倒れ、遂にヨーロッパの故郷に帰る望みを失ったままアフリカの大地に葬られた夥《おびただ》しい白人たちが埋葬されているのである。

アルジェリアではぶどう酒の生産とゼラニュウムの花壇が緒についただけではなかった。修道院の付近では、村に人々が集まり、生活センターができた。学校も建てられた。しかしアルジェリア政府は宣教師たちに対して国外追放の処置を取った。修道院を国有化しようという動きもあったので、トラピストは仕方なく一九〇〇年代の初めにアルジェリアを引き払って、北イタリアに移転した。簡単に書けばこういうことになるが、アフリカに一生を捧げようとした修道士たちは、こうしてその最初の望みも断たれたのである。

その後のアルジェリアの歴史を、高橋神父は、実に簡潔に私たちが理解し易いように述べてくれている。

一九三四年　首都アルジェの南西百キロのチビリヌ（現地語で「菜園」という意味）という土地にフランスなどから数名の修道士が移住して修道院を開く。

一九四五年　独立運動始まる。しかしフランス政府はアルジェリアの独立を認めず、独立運動を粉砕しようとする。

一九五四年　アルジェリア民族解放戦線（ＦＬＮ）が組織され独立戦争勃発。（高橋神父は一九五六年以降、フランスのトラピストにいたが、当時フランスは戦費を賄《まかな》うために修道

院にも重税を課していて、修道士たちはさらに貧しい生活を余儀なくされたという）
一九五九年　チビリヌの修道院の修道士二人が拉致された。一人は医師のリュック神父。二人は八日目に解放された。
一九六二年　フランス、アルジェリアの独立を認める条約に署名。民族解放戦線のリーダー、ベン・ベラが初代大統領。国内は経済悪化、食料難などで混乱。
一九九〇年、九一年と地方選挙でイスラム救国戦線（ＦＩＳ）が圧勝。憲法を廃止して、イスラム法による政治の強化を図る。そのために軍部が介入する結果となる。
一九九二年　総選挙行われるも、国家最高会議議長ブーディヤーフは総選挙を無効とし、ＦＩＳを非合法化する。イスラム原理主義者たちは、弾圧に武力で対抗し、六月二十九日ブーディヤーフを暗殺。武装イスラム集団（ＧＩＡ）を結成。彼らが外国人暗殺の主力となる。
一九九三年　九月　武装イスラム集団は百人以上の外国人を殺害。翌十月には三人のフランス領事館員を人質にし、後に釈放するも、アルジェリアに滞在中のすべての外国人は一カ月以内に国外退去すること、もし居残れば全員を殺害するという声明を出す。当然、チビリヌの修道院長のクリスチャン神父も、知事から厳しい警告を受けた。

十二月　外国人に与えられていた退去猶予期間が過ぎると、四人の外国人（フランス人、イギリス人、ロシア人、スペイン人）が殺害された。ロシア人は女性であった。十二月には、修道院の窓から見えるところにあったタメギスタ水力発電所の現場で働いていたクロアチア人十九人を、テロリストたちが襲い、そのうち十四人を殺害した。彼らはカトリックで、クリスマスや復活祭には修道院でミサに与《あずか》っていた人たちであった。

危険は迫っていた。修道士自身が、知事の勧めに従って、全員が一時、帰国するか、夜だけ知事の眼の届く安全なホテルで過ごすことを提案された。しかしそれはどれも修道士としての生活態度にそぐわないという結論になり、安全のための電話回線を改善することだけを受け入れた。

十二月二十四日、クリスマス・イヴ　ミサの直前に六人のテロリストが修道院に来て、三つの要求を突きつけた。戦費の供出、仲間に負傷者がいるのでその手当を医師であるリュック神父にさせること、薬品の供出の三点であった。

クリスチャン神父はそれに対して、トラピストというところは実に貧しく暮らしているのでお金は持っていない。リュック神父は八十二歳で喘息《ぜんそく》を病んでおり、しかも彼がいなくなったら、村民の治療をする人もいなくなる。しかしテロリストの負傷者も連れて来たら治療をする。薬品は修道院のものではなく、村民のものだ、という理由で渡すことを拒否する、の三点を答えとした。

その後に、クリスチャン神父がアラブ語で「今夜はあなた方も尊敬する聖母マリアが、イエスを生んだ聖なる日だ」と諭《さと》すと「それは知らなかった。失礼をしました。また来ます」と言って去って行った。

しかしその日から、人々の意識に、深く死が予感される。集会が開かれ、脱出することを希望する人もいた。しかし司教も加わった会合で、村の人たちをおいてこの土地を去ることは、修道者としての道ではないということになり、健康の問題と勉学のためにこの地を離れなければならない三人だけが出国し、残りの人たちは当分ここに留まることになった。

三十一日の大晦日《おおみそか》には、全員の投票が行われ、残留の意志は確認された。どうしても危険な場合はアルジェリアを出国はするが、その場合でもフランスには帰らず、モロッコにある修道院に一先ず逃れ、機会を見て再びアルジェリアに戻ることも決めたのである。

クリスチャン神父は一九三七年生まれ。軍人だった父の息子として独立前のアルジェリアで育った。教育はフランスで受けているが、ローマではイエズス会の経営する東方研究所に二年間通い、ラテン語、ギリシア語、ヘブライ語を学び、イスラム教やイスラム文化について学んだ。その土地に関わるには、その土地の理解が要る。しかも生半可《なまはんか》ではない関わり方で身に付けた知識や教養が必要だということだ。

高橋神父によると、一九八四年に開かれたトラピストの総会で、クリスチャン神父が現在のトラピスト会憲《かいけん》の中に「神の計らいにより、修道院は、信仰を共にする人々だけでなく、他宗教の人ならびにすべて善意ある人々にとっても、聖なる場所として建てられている」という一条を入れたという。

クリスチャン神父は若い時、一年半、アルジェリアで軍務に就いていた。その時、一人のアルジェリア人の田園監視兵と親しくなった。その兵士が、身を挺して神父を守り、自分は死んだという事件が起きた。このことから、クリスチャン神父は、自分の使命はキリスト教とイスラム教の懸け橋になることだと、思うようになった。

不安と緊張の中にあった修道院では、修道士たちすべてが信仰と生への執着の間で揺れ動いていたことだろう。老齢のリュック修道士はかつてゲリラに捕らわれた経験があるので、アルジェリア撤退を考えていたが、最後には残留の意志を固めた。修道士たちはテロリストたちのことを「山の友人たち」と呼んでいた。

もっとも、穏やかな状況の中で、修道士たちの残留の意志が決まったのではなかった。一九九四年、五月八日には六十四歳のフランス人修道士と六十七歳の修道女、十月二十三日には四十五歳と六十一歳のスペイン人修道女、十二月二十七日には、アフリカ宣教を主目的とする白衣宣教会の神父たちが殺害された。最年長者が七十五歳、もっとも若い人は三十六歳であった。

一九九五年に入ると、九月三日には六十二歳と六十五歳のフランス人修道女、十一月十日には六十三歳の修道女が殺された。教会関係者以外では五十一人の記者が殺害されている。クリスチャン神父は一九九五年九月に殺された二人のシスターの葬儀に出たが、アルジェリアに対する憎しみなどはいささかもない明るい祝福に満ちた式であった。

その間にクリスチャン神父は遺言書《ゆいごんしょ》をフランスの家族に送っている。

そして一九九六年三月二十六日の夜がやってくる。その日修道士たちはミサの中で「わたしは去っていく……しかし、私をお遣わしになった方がわたしと共にいてくださる。わたしをひとりにしてはおかれない」（ヨハネ8・21〜29）という福音《ふくいん》の部分を読んだ。

あまりにも象徴的な内容であった。

テロリストたちは夜間、修道院を襲った。軽機関銃を携《たずさ》え、二十人ほどで夜警を先に立てて、正規の入り口からではなく、裏の地下一階の扉から侵入した。こうした点も、アフリカでは事件のどこかに必ず手引きした者がいるのではないか、という疑念を持たれる理由である。

彼らはあらかじめ電話線を切断し、修道士たちの部屋を次々に荒らした。タイプライターやカメラがまず狙われ、医者のリュック神父は医薬品を略奪された。当時五十七歳だったポール修道士は、フランスにいた病気の母を見舞って前夜帰着したばかりだった。修道院の人びとのために買ってきたフランス製のチョコレートは食べられてしまったが、聖母像の前におかれたままになっていたタミエ修道院が作ったチーズは無事だった。包み紙に大きな十字架のマークがついていたからだと思われた。フランス政府との間で、テロリストたちは、修道士たちと引き換えに捕虜になった同志たちの釈放を求めていたが、フランス政府は四月三十日、これを拒否した。

結局、テロリストたちは、五月三十一日になって、「われわれは五月二十一日の朝、七名の修道士たちを殺害した」と発表し、七人の犠牲者たちの頭部だけを市の郊外のゴミ捨て場に放置した。

クリスチャン神父の遺言状は、約束通りその死後に公開された。

「そして、私の最後の時の友人、その意味も知らずに私を殺す人、にもこの感謝と別れを捧げる。なぜなら、私はあなたの中にも神の顔を見るからだ。私たち二人にとっての父である神が望まれるならば、私たちはゴルゴタの丘で最後にイエスと共に十字架にかけられながら、永遠の命を約束された盗賊たちのように、また天国で会おう。アーメン、インシャラー」

「私は暴力が暴力を一掃できるとは考えていません。私たちは自分自身を愛の像《すがた》とすることを受け入れる時にのみ人間として存在することができるのです」

「死を無条件で受容することなしには神の真の愛はありません」

避けられた危険をなぜ避けなかったか。国外退去すれば、それで済んだことではないか、というのが大方の良識の答えだろうと思う。信念などというものに香りを感じ、生涯を捧げるに値するものと思わないのが、現代の人々の生き方だろう。

人の命は平和のためだけに用意されている、というのはたやすい。しかし世界が突きつけ、突きつけられているのは、そのような答えだけで解決できる状況ばかりではない。

自らの生か死かで、その答えを出さねばならない場合も残されている。卑怯者《ひきようもの》の私は、そうした選択の崖っぷちに立たされないで済むことだけを、ひたすら望んで生きてきたのだ。

第8章

どちらに行っても問題が残る

何年振りかでベトナムのそれも中部の町、ダナンとその近郊の村を訪れた。目的は、私たちが通称山崎パンとして知っている会社の国際援助組織である「国際開発救援財団」が、ベトナム都市近郊の少数民族の自立を助けており、そこで、家庭婦人の手芸などの製品開発促進と、観光事業へ向けての開発援助をしている活動を見るためであった。

この会社は創業主以来非常に熱心なクリスチャンで、昔、会社が存亡《そんぼう》の危機に立たされたような場合にも、一種の神の啓示があった。それ以来、そのご命令に従っていれば、仕事は順調に行くという。

私はその救援財団の理事の一人なのだが、多分それは私が途上国に係わっていたという体験を買われたものだからだろう。

私は常に悲観的人間で、自分の仕事でも人の事業でも、うまく行くことは考えない。どんな不幸が来るだろうか、という恐れにばかり構えている「対災害要員」にしかなれないのだが、それでもこうした理事会・評議員会というものは、人数が多いのだから、どんな偏った性格の持ち主でも使い道はあるというものなのだろう。

この財団の特徴は、会議や会食を始める都度、必ず牧師さんによるお祈りがあることで、日常生活では始終祈ることをさぼっている私にとっては、大変ありがたいのである。

神さまに対する普段からのご無礼を、この際、一挙に帳消しにしていただくいい機会だという感じがする。

その国際開発救援財団が、カンボジアでは国立病院とタイアップして、小児外科領域の診療と研究の基礎を固めるために、一九九六年以来取り組んで来て、大きな成果を上げている。

その功労者の岡松孝男先生は理事のお一人だから、カンボジアの病院を見せていただくために、今回の旅行では、まずプノンペンに同行した。

私が病院を見たかったのは、最近マダガスカルの貧しい子供たちの口唇《こうしん》口蓋裂《こうがいれつ》を治す手術を、昭和大学の形成外科の先生方にして頂くプロジェクトを準備する上で、どうしてアジアでは可能で、アフリカでは不可能なことがあるのかという問題を抱えていて、その疑問に対して多少とも答えを得たかったからである。

カンボジアのことはまたどこかで書くことにして、岡松先生がお帰りになられた後、私は財団がベトナムで展開している「ベトナム少数民族地域活性化のための観光開発事業」を見るためにダナンに行くことにした。

こういう地域社会活性化の目論見《もくろみ》というものは、多分珍しいものではない。私は今までにどれだけ、日本の教会のバザーなどで、

「××国で田舎の人たちが、こんな手作りの製品を作っていますので、買ってあげてください」

と言われたか知れない。

マダガスカルに行っても、日本人の医療班が来たということがその町で知れ渡ると、かならずどこかの修道院のシスターたちが、帰国の前日くらいに、近所の信者さんたちの手作りした製品を持ちこんで、食堂で小さな店を開く。田舎町では、全くお土産屋のようなものもないから、テーブルクロースやナプキン、小さな袋モノや手提《てさ》げなどの民芸品はかなり良く売れる。

しかし私は最近、利己主義になってあまり買わなくなった。年をとって身辺整理の時

期に入っていて、物を殖《ふ》やさないようにしている上に、地方色豊かなデザインは、色彩、仕立ての問題などで往々にして日本に帰ると使いにくいものが多い。

　私は死が近くなるにつれ、ケチにもなっていて、人でも物でもお金でも、出番なしで終わらせるのは、一番よくないことだと思うようになった。人は才能で充分に働いてもらい、物も使い尽くし、お金も残したりしようとせず、使い切って死ぬのがいいと考えている。だからお義理で物を買わない。私の日本の生活で使えそうだ、とか、これをあの人に上げたい、というものでなければ、帰国後死蔵しておくことになるから買わないのである。

　さて場所は、クアンナム省ナムザン県。ダナンから車で三時間ほどの土地である。そこにカトゥー族という少数民族が住んでいる。伝統の織物や建築様式を持っている部族で、その人たちの生産したものがお金になるといいと誰もが思う。

　その上、この中部山岳地帯は、今まで観光地としても見逃されていたのだが、新たにトゥーリストが来るようになれば、と期待されているらしく、その可能性を考えるプロジェクトでもある。カトゥー族は、モンクメール語族で、土地の人から野蛮人とも思われているが、「森の賢者」と呼ぶ人もいるという。

かつてベトナムの昔のサイゴンは、民芸好きの私の、時々はぜひ遊びに行きたい土地であった。焼き物もある。中でも素晴らしいのは、漆《うるし》と螺鈿《らでん》の技術であった。繊細の度合いだけで言うなら、中国や日本のものの方が上だろうけれど、それでも民芸らしさを保持しながら仕事がきれいだという魅力があった。

今と違って若い時には、やたらとものを買いたい。パリ和平の直後にサイゴンに行った時、私はどこかの店で一枚の漆絵の屛風《びょうぶ》を見た。蓮の花の咲いている沼に、夕暮れ時の最後の光がただれるように覆って投げかけている光景だった。

それは麻薬的な虚無とけだるさを持った情景で、当時はひどく疲れていた私の心に突き刺さった。漆絵でありながら、そんな病んだ精神状態まで表すことのできる技術に、私は打たれた。

業者が、日本まで間違いなく送ると言ったのだが、私はその値段を聞いてやめにした。今でも覚えている。それはたった十万円だったが、私は質素という健全すぎる気分も持ち合わせていたのだろう。

ベトナムにはまだああいう技術があるのだろうか、と私は心惹《ひ》かれていた。

カトゥー族は独特の色彩感覚の織物の伝統を持っている。黒地の布に、赤や白などで一種の絣《かすり》を織り出したものである。もちろん今では晴れの日にだけ着るのだろうが、伝統的な服装としては、ふくらはぎくらいまでの長さの腰巻きスカートの上に短い袖の上着をつけるツーピースで、伝統の籠をしょって、時には細いヘヤーバンドをする。

男はボロに見える多分植物素材の褌《ふんどし》に、これも木の繊維で作ったような上着を着たりチョッキだけだったりして、あまり美的ではない。伝統の踊りを踊る時、若者はこの褌スタイルを少し恥ずかしがっているという。

この伝統的な技術をもとに、土地の婦人たちが、屋根と高床だけの作業場に集まって、袋もの、財布など、主に外国人の観光客に売れるような品物を作っている。黒地と見えても、そこに細かいビーズを入れているのも特徴だから、生地が何となく静かに光って見えるのである。

値段も安い。しかし先に述べた理由で、私には買うものがない。エキゾチックという色合いは、つまり日本では使いにくいということだ。財布は紙幣のサイズが合わない。メガネケースは柔らかい外殻のもので、眼鏡屋は眼鏡そのものの縁の形が狂うので、決して使わないでください、という手のものだ。口紅ケースなど嵩張《かさば》るので私は使ったことがない。

それでも私はさんざん探した結果、小さなサイズのクッションを一個買った。その色なら、日本で使える。時々腰痛の出る私は、飛行機の中に持ち込んでも便利かもしれない。一個八百五十円ほどである。土地の奥さんたちは、こういう仕事で、一人月に二万円以上の収入があるようになった。大きなサイド・ビジネスである。

実はカトゥー族の一番素晴らしい伝統的伝承は、その建築にあると私は思う。私たちが見せてもらい、その中で村の食事に招待されたのは、「グォール」と呼ばれる集会所で、四、五十人はゆっくり座れる面積のある非常に大きくて品格のある独立した建物である。

この集会所は必ず南面《なんめん》し、特徴は高床式の床、庇《ひさし》を目深《まぶか》に被ったような大きな草葺《くさぶき》の屋根、見事な支柱や梁《はり》などである。太い柱にも豪快な梁にも、村の歴史や風俗を示すような極彩色《ごくさいしき》の絵が描かれている。私の招かれた村の集会所の床は、艶《つや》のある見事な割竹で張ってあった。掃除は要らないな、と怠け者の私は一人で思う。ごみは自然に隙間から下に落ちる。

そこで供された食事には、空芯菜《くうしんさい》のように見える菜っ葉の和《あ》えものや、竹筒に入れて蒸した糯米《もちごめ》などと共に、見事な鯰《なまず》の炭火焼があった。私は鯰料理が大好きである。骨は多いが味は上等だ。

北陸出身の母に育てられた私は、すぐこの残りの骨でスープを作ることはしないのですか？　と聞いてみたのだが、答えはノウであった。多分、そんな貧乏人みたいなことはしない、と後で思われたことだろう。

私は時々、貧しい社会は、伝統的な日本文化のように、最後の最後までものを使い尽くすという工夫をしないのだな、と思うことがあったが、ここでも同じ印象を受けた。

しかしそれにしてもこの見事な集会所は、もしこのままほうっておけば、西欧人の好事家《こうずか》に買い取られかねない芸術性を持っている。何しろ村ごとにこういう集会所があって、屋根のデザインも柱の絵も違う。棟の飾りにも特徴があって、神社なら千木《ちぎ》・堅魚木《かつおぎ》にあたる飾りから、鬼瓦を置く部分の装飾まで、すべてが、その村固有のデザインを持っているのである。

村の普通の家は、薬草園や、小さないくつかの別棟を持っているらしく、その中の一軒の小屋にはおばあさんがいた。聞いてみると私と同い年だという。ベトナムでも最近は八十歳を超す老人がざらにいるということだ。

彼女はそこで糸を紡《つむ》いでいる。窓もなく、暗闇に近い部屋の入り口で糸を紡ぐ老女は、その笑顔が愛らしくなければ、鬼気せまるところだが、それが老年の迫力というものだ。

ベトナムで見せられたもう一つのプロジェクトは、やはり国際開発救援財団が肩入れしている青年たちの農村開発運動である。

彼らが最も熱心なのは、自然農法であった。つまり化学肥料などは使わずに、家畜の排泄物や自然の腐葉土《ふようど》などを使って、肥料にお金を掛けたり、化学的な物質で土壌を汚すことなく蔬菜《そさい》を作ることである。

そういう趣旨を織り込んだクラブ活動の歌のようなものを作るのがグループの流行でもあるらしく、それがなかなかよく出来ているので、私は「国際開発救援財団の『団歌』になさったらいかがですか」と言ったくらいだった。鍬《くわ》を使っている様子をわざわざ見せてくれたところもあるところをみると、機械化した大型の農業はまだ一般の人の手に届くところにはないらしい。

その夜と翌日に掛けて、私は一人で考えたり、私と一緒に日本の国際開発救援財団のオフィスから来た職員や現地の優秀なスタッフ（すべて日本女性ばかり）たちと、この土地を観光名所にすることの可能性を語り合った。ホテルの売店や店らしいところを見ても、かつてのベトナムの漆の技術はもう消えたようである。社会主義社会というものは、ほとんど必ず職人的技術を消していく。それを学者も進歩的文化人も、私たちに簡単にわかるようには事前に教えてくれなかった、ということだろう。

私は今回、成田を出る時から、実に何組もの日本人の観光団と一緒だった。何で今時、ベトナムに行くんでしょう、と私が同行者に素朴な疑問を投げかけると、それは私の無知のせいで、今ベトナムはカンボジアのアンコールワットと組み合わせて、アジアの観光名所としてホットスポットなのだという。その人たちは、中高年の品のいい魅力的なグループで、ビジネスクラスに乗り、機内でも静かで行儀もよく、旅慣れているという感じだった。

その人たちは、ハノイやホーチミン市に行き、ハロン湾などで舟遊びを楽しみ、フエなどの世界遺産を見て歩くのだろう。しかしあのカトゥー族の村へ行くかどうかとなると、私は疑問だった。

私は過去にイスラエルだけでも二十三回、盲人や車椅子の人たちと旅行したことがある。その頃の私は健康でまだ力もあったが、その後に両足を折って、今や私自身も運動機能障害者である。だから私は障害者や老人の気持ちがよくわかる。

カトゥーの村には舗装道路とか、コンクリートで固めた細道などという安定した路面は全くなかった。道はすべて土のままか、せいぜいで表面に石ころを集めたものであった。それは車椅子や歩行に支障のある人が真っ先に避ける所なのである。

また私は、その半日以上の見学の間全くトイレにも行かず、手を洗うこともしなかった。はっきり言うとそうした設備の表示が眼に止まらなかったから忘れていたのである。トイレに行かないことと、不潔に鈍感なことは、私の小さな特技の一つだった。しかし日本人の中高年のツーリストだったら、それでは済まない。どこか名所に着けば、真っ先に水洗で清潔なトイレと豊富に水の出る洗面所にご案内するのがツアー・ガイドの仕事だ。


その上私は、感心して止まなかったあの見事な集会所にいる間に、厚手のスラックスの上から、六箇所ほどを虫に食われた。どんな虫か見ていない。蚊に食われる状況でもなかった。しかもその食われた跡は、日を追うごとにだんだんひどく腫《は》れた。今日で二十四日目だが、それでもその赤い虫食われ跡と執拗な痒《かゆ》さはまだお風呂の中で復活する。そういう土地へ、日本の観光客たちが承知の上で行くかどうかだ。

あの村に水と電気を引き、トイレや水道を設置し、車椅子の人も通れるように村の道を整備して、つまりそういうインフラに金を掛けても、あんな素朴な手芸品しかできない村を、人々が訪れて充分金を落とすだろうか。

同時にノミも家ダニも南京虫《なんきんむし》も駆除済みですという保証もしなければ、ほとんどの日本人は行かないだろう。そんな投資をすることが、あの村にとって合うことなのだろうか。私たちがただ褒めることは、かつての植民地主義と同じ新しい残酷さだという気もする。

農村開発に関しても、私はお世辞ばかり言ってはいられなかった。私は五十歳から畑を作る趣味を覚えた。その僅《わず》かな体験だけから物を言うのだが、カトゥー族たちは自分の一家が食べることだけを目標にしていた。

そういう行為は、ガーデニングではあるが農業とは言わないのである。そんな程度の小規模農業だから、腐葉土だけで収穫が上がる、と言っていられる。しかし百平方米に足りない我が家の「趣味的農園」でさえ、肥料の大半は牛糞と腐葉土だが、僅かながら化学肥料も必ず混ぜて使う。殺虫剤を使わないのは、なしでもできる作物しか作っていないからだ。キャベツなど時期によっては、なしではできないから、マーケットで買って食べている。我が家のような恣意《しい》的畑作は、決して（農）業とは言えないだろう。

有機農法に関する知識を持っていることを、褒めてやるのはたやすいことだ。しかしそんなことを、いかにも斬新な知識のように喜んで歌に歌って浮かれていて、一国の農業が産業として成り立つわけがない。

それを褒めるに留めているとすれば、それは新しい植民地主義に加担するように見えることもある。我々は知的先進国なのだ。世間はこの問題をどう考えているのか、私には見当もつかない。

第9章

疲労という名の解決法

子供の時から小説家になりたかっただけあって、私は想像したり、妄想したりすることが多かった。今でもこの癖は治らない。

時々テレビの歴史的な資料として、第二次世界大戦の時、各地で出現した「死の行進」と呼ばれるものについての記録などが放映されると、とても心穏やかには見ていられない。

死者は沈黙している、という任務を果たしているから、生き残った人たちが、その辛さを語るだけで、本当に落伍《らくご》して生命を落とした人の体験は伏せられたままだ。それを知りつつ、私は当事者でもないのに、自分がもしこういう目に遭っていたらと思って、手足が冷たくなっている。

それというのも、私はこのごろ、靴を履く部分の足の皮膚が痛むという症状に時々悩むようになった。病名別で書かれていた雑誌の特集の中で、靴を「穿《は》く」と痛むという特徴を表した症状について読んだこともあるのだが、細かいことは忘れてしまった。つまり加齢のせいで出たと思われる膠原病《こうげんびょう》の症状の一種なのである。

痛みは日によって違う。だから外出する時、履いて行く靴を選ぶのが少し厄介なのだが、痛くない靴はほんの二足か三足しかないことになったから、実は迷う必要もなくな

って、それはそれなりに便利だというべきなのである。

そんな自分の足で、もし二十キロ、三十キロを歩けと言われたら、私は人より早く脱落する。友だちが、「しっかり歩け。ここでおいて行かれたら死ぬぞ」などと言う声を聞いても、「もういいや、これ以上辛さが続くくらいなら、死んだほうがましだ」と思うに違いないのである。

靴を履く部分の痛さだけでなく、このごろ私は突然燃料が切れたように、疲れで動けなくなることがある。電気仕掛けのおもちゃの電池が切れた瞬間のような単純な感覚である。

ともかくベッドやソファに座り込んで、しばらく天井を見ていると少し動けるようになる。体力が八割失われたような気がするのだが、こういうことは年齢相応なのだろうし、今のところは頭の働きだけはまだ一割減くらいで済んでいるような気もしているから（これも錯覚かもしれないが）、何とか書く仕事なら可能だと思っていられる。

実は私は、若い時からすぐに疲れるたちだった。二十代には、ビタミンBの注射を自分で打っていた。そうでないと一日中眠たくてたまらない。そのうちにアメリカ製の総合ビタミン剤というものが手に入るようになって、それを飲むようになってから、私のだるさは解消したかに見えた。ビタミンBにも1、2、6、12などという区別ができた頃である。何が効いたのかわからないが、私はそれ以来、思い込みで元気な中年を生きた。

しかしこの、疲れやすいという自覚は私に一種の開放感をもたらしたことは事実である。疲れて動けなくなったら、私は自分の仕事を終わり、大げさに言えばこれで運命は決したと思えばよいことがわかったのである。つまり私の体が、私にその日一日の終息宣言をしていることになる。

東日本大震災の直後、私も当然被災者の心の動揺と空しさを深く悼《いた》む思いを抱いてはいたが、それと同じくらいに、世間的には少しも同情する必要などない、むしろ徹底して責任を追及してやればいいといわれた閣僚や東電の関係者の疲労もどんなに厳しいだろうと、気の毒に思っていた。

被災地の公務員、自衛隊や警察の関係者もご苦労だったと心から思っていたが、そして後から話を聞くと、誰もが任務以上に惻隠《そくいん》の情で極限まで働いたわけだが、私はどんな激しい仕事でも、一応交代のシステムができていれば、それで働けると考えていたのである。

しかし当時の枝野官房長官や、テレビの画面には常に特定の人しか現れなかったが、東電の、ことに東京本社の経営陣や現場所長などは、数日間、ろくろく眠りもせず、次から次に起きて来る問題に対処するために、とことんまで体力を消耗し尽くして、もう思考もできなくなっているのではないか、と考えたのである。

それは同情というより一つの仮説を想像した場合のいつもの私の反応であったが、私は彼らに責任を取らせるためには、人間の生体が要求する程度の休息をとってもらわなければならない、と思っていたのだ。

しかし誰一人として、彼らにも休みを与えなければ、できる仕事も不可能になる、出すべき資料も杜撰《ずさん》になるだろう、とは言わなかった。あんな重大な事故を起こした張本人たちなのだから、どんな厳しい局面に立たされても当然と皆思っているらしかった。

日が経つにつれて、彼らの手抜き、でたらめ、隠蔽《いんぺい》体質などというものがさらに追及されるようになった。そのことは、二年経った今、改めて汚染水が洩れていることが発見されても、始末は全部お前たちでやれ、という態度で、何か抜本的な知恵を出してくれる外部の人も動員して、できるだけ早く安全を図ろうというような空気は見えない。東電側がそれを拒否しているのかもしれないが、とにかく私はニュースを聞くだけでも疲れるという思いになっていたのである。

私は東電を庇《かば》うのではないが、事故の報告をするにも、問題を解決するにも、よく休息した冷静な頭で、答えを用意しなければならない、と思っている。皆が疲れ切って右往左往するような状態で、いわゆる「手抜かりのない」報告も方策も立てられないのだろう、と思い続けていた。

東電の、いわゆる非常時に対する詰めの甘さが露呈されはしたが、私は途上国の暮しというものを普通の人よりはよく知っていたから、日本ほど常日頃、良質の電気をこれほど恒常的に安全に届けている組織はそうそうないと思っていた。

電気があるということになっている国でも、電力が弱く、ろくろく本も読めないほどの光度しかない生活は極く普通である。電気は来ていても、毎日のように停電するから、停電したら、冷蔵庫は決して開けてはいけないなどという不思議な知恵も教わった。それなら何のための冷蔵庫か、とはあまり言わないし、思わない人々であった。

しかし日本の電力会社は、非常事態が発生しなければ、その職務を正当に果たしていたのである。これは他の途上国では、全く見られない姿勢である。日本のコンピュータ産業が世界のトップを切って伸びたのも、基本的にはこの上質の電気があるおかげであった。

だからその優秀な技術屋たちが、安定に慣れて災害時を想定しなかったことについては、その責任を逃れられないことは当然と思うけれど、このまさしく想定外の天災を切り抜ける間、彼らの体力と思考の保たれることを、実利的な立場から私は心から願ったのである。

民主党の政策と政治力は、予期しないほど脆弱《ぜいじゃく》なものだったが、この非常時の枝野官房長官の働き方にも私は深く同情した。何時間眠ったかわからないほどではあったが、その発言には、当時はほとんどぶれがなかった。あまりの重大な事故のために、誰も官房長官に、「政治的」な圧力を及ぼし切れなかったのかもしれない。人間は、一人の人間を保っていられる間は、ぶれも大したことはないが、政治的計算をするようになると、信じられないほど狂うものだ。

若い時には、私も徹夜に近い仕事を平気でしていたものであった。しかし私は人より早く、その弊害を露呈する弱さから脱け出せなかった。徹夜で書き上げた作品は、一刻も早く活字に組まなければならないから、一応雑誌や新聞の編集部に送りはしたが、その場合には必ず言い訳がましい文章を書き加えた。

「まだよく読み返しておりませんが、とにかく組んでおいてください。ゲラの時、丁寧にチェックいたします」

疲れ切った頭で書いた私の文章は、あちこちに恥ずかしいほど初歩的な傷が残されていた。描写は説明になりかけているし、同じ語彙《ごい》が三行以内に繰り返されていても気がついていなかった。

私の頭の働きは日によって実に能力が違うことが分かっている。確かに或る日、私の頭は冴え渡っているような錯覚に囚《とら》われることもある。珍しい状態だ。その理由は明確な場合が多い。前夜、私は普段は飲まないようにしている痛み止めの薬を久しぶりに飲んだのだ。弱い薬だが、胃を悪くする人がいる、というので、医師たちはそれを毎日一錠飲むことも勧めない。

私の胃は鈍感で、そんなことはありません、と言っても信じない。それで医師たちに敬意を払って継続的に飲むことを諦めている。ただひどく疲れているような時、ごくたまに飲む。すると、私は恥ずかしいほど深く眠り、夜十時から一度も目覚めずに朝五時半まで眠ったりする。そして起きてみると体も心も軽々としていて、急に頭までよくなったような気がするのである。

よく眠れた日の翌朝は、視力までよくなっているようだ。何もかも、よく見える。人の心の奥まで透視できるような気さえする。ものごとの繋がり方も明確に理解できる。しかし、それはもしかすると薬物（いかに合法的な量であろうと）の力を借りているせいではないだろうか、と思い事実、そうなのである。

私はとうの昔から、自分の本質が分からないままであった。よく眠れなかった翌日の私の体内にこそ、むしろ一切の不純な薬品は残っていないはずだ。それにもかかわらず、精神は朦朧《もうろう》として細部に注意が回らない。その時の自分がほんとうの自分なのか。

私の感覚では、この世は実にどう解決したらいいか分からないようなことばかりだった。

歴代の政治家は拉致問題担当大臣というポストに平気で就任し、その職務に全力をあげます、などと決意を述べるが、今のような状況で、拉致被害者がまともな交渉によって返される方途《ほうと》があろうとは思えない。それなのに、どうして平気でそれを担当する大臣の職に就くのか、私は分からないままだ。

かつて私は日本財団に勤めていた時代、拉致被害者は、北朝鮮から一人いくらで買い戻す他はない、と考えた瞬間もあった。それは犯罪の助長ではあるが、現実性を帯びている方法としては、それくらいしか思い当たらなかった。北朝鮮が何度も、食料や燃料危機に陥《おちい》ったことはあるのだから、その時を狙って商取引をするというやり方である。

もう一つのやり方は、やはり武力であった。

一九七六年、イスラエル人とユダヤ系の乗客・乗員百三人を含む二百五十八人を乗せたエールフランス機が、アテネ空港を飛び立った直後、パレスチナ・ゲリラによってハイジャックされた。この飛行機はリビアのベンガジで給油後、ウガンダのエンテベ空港に降り、ゲリラたちは主にイスラエルと西側の各国に拘束されていたパレスチナ・ゲリラ五十三人の釈放を要求していた。

しかし、イスラエル側は犯人の要求期限が切れる十時間前に、四機のハーキュリーズ輸送機に分乗したイスラエルのコマンド部隊がエンテベ空港を奇襲し、人質を救出してイスラエルに帰還したのである。いや、凱旋したという方が正しいだろう。

その際、ハイジャック犯七人もその場で射殺され、空港警備のウガンダ兵が多数巻き添えになって死亡した。イスラエル側の人質三人と、現大統領のネタニエフの兄も戦闘中に死亡したが、彼らコマンド部隊は、撤収前にウガンダのミグ戦闘機を十一機も破壊した。これが有名なエンテベ事件だった。

イスラエルは国際法もウガンダの主権も共に無視して、国民を救うことを優先した。どちらが正当なのか、私にはわからないが、解決の方法としては、法を守らない相手には武力的解決しかないという昔ながらの素朴な論理を、イスラエル側が適用したのである。

これらに対して、実は第三の解決の方法があるように私は感じる時があった。それは対立するどちらか、あるいは双方が、疲労の限界に達する時を狙って、どちらが望むのでもない中間地点でことを終わらせるという方法である。

これは、「誰それを人質にとって猟銃を持った男がマンションの一室に立てこもった」ような国内の事件から、それこそ国際線の飛行機のハイジャックまで、あらゆる事件で警察が犯人検挙の際に取る方法であろう。

もちろん私と違って「世間」はそう簡単には疲労しないのだろう、と私は思っている。いやしかし、私は現場に立ち合ったこともないが、もしかすると米《こめ》の価格を決める時だって、政党間の駆け引きだって、やはり双方が適当に疲れた時に決まるのではないか、という思いが、私の頭から去るわけではない。

人間の意志が最後まで貫徹されるケースというものは、それほど多くないだろう。人は最期の日の、つまり臨終《りんじゅう》に当たって死ぬのではなく、長い年月の間に徐々に、或いは一日に何度か死んでいるのである。一日のうちにも瞬間的に死ぬのと同じくらい、思考が衰える時がある。そしてものごとは、その間隙《かんげき》を狙うかのように決定されて行く。ありがたいことだ。

もしそのような生命のリズムの強弱がなかったら、基地問題も、拉致問題も、賠償問題も、離婚問題も、およそあらゆる問題という問題は解決しないだろう。

まだ死なない前に疲労をとってくれるものは眠りである。眠りは一時的な死なのだろうが、この上なく祝福された自己放棄の瞬間である。私が思い出すもっとも強烈な疲労は、いつもインドで、十三時間から十五時間かかって六、七百キロを移動する時である。

一時期、私はインドのビジャプールというデカン高原の中部の都市に、何度か通っていた。四十年働いたNGOが、そこにダーリットと呼ばれる不可触民の子供のために小学校を建てていたのである。インドのバンガロールにあるイエズス会の神父たちは、宗教の違うヒンドゥ教徒の子供たちに何とかして初等教育を受けさせたいと願っていたのである。

しかし私は、お金を出した先は原則として検分に行くことにしていたので、建設途中も完成時も、とにかくビジャプール通いを重ねていたのである。

その道は約半分が舗装されており、その他は未舗装で、しかも分離帯もない一般道路だった。自動車は追い越しの時も、対面ですれ違う時も、毎回、けたたましくホーンを鳴らした。すべての車の車体に「ホーン鳴らせ！」と書いてあるのである。

普通私たちは夜明け前にバンガロールを出発し、夜の闇が降りてくる頃、ビジャプールに着いた。私は乗っているだけでへとへとだった。午後はほとんど眠っていた。そしていつもビジャプールに着く時、私は一種独特の物音で眼が覚めるのだった。

それは町中で放し飼いにされている豚の群れの鳴き声だった。豚はそのへんに乱雑に捨てられている塵芥《じんかい》の清掃動物として放し飼いにされていたのである。インドの豚も

「ブーブー」というような鳴き方をする。薄暗い細い道はぬかるんでおり、それに沿って乾物《かんぶつ》や駄菓子を売る傾いたような小屋がけの店が立ち並んでいた。店先の台の上には弱々しいアセチレンのランプが灯《とも》されていた。

そして私はいつも十三時間以上もかかる長い移動時間に私が耐えられるのは、疲労とそれを祝福するように訪れる眠りのおかげだと確認していたのであった。

第10章

心の深奥の部分

――教育再生実行会議に関する私的ノート①――

二〇一三年一月から始まった教育再生実行会議の、私は十五人の委員の一人なのだが、多分一人だけ現場にいない人間だろうと思う。私は何か大きな組織の代表を兼ねているわけでもない。今は営利会社といえども、社員の教育的見地を無視するわけにはいかないから、経営陣は、皆が準教育者と言っていい仕事の部分を認識している。

ただその人たちに不利な点もある。自分の立場を自覚すると、あまり自由な自分独自の発言はできないからである。彼らは、自分の代表者が、あんなことを言っているところを見ると、お宅の会社（大学）の空気は、実はああいうものなんですかね」と言われることを意識しないではいられないだろう。

私は自分が教育に関して発言することに、全く無資格だと特に反省しているわけでもない。小説は人間観察なくして書けるものではない。その上、小説家には恐れねばならないずっしりと重い肩書というものもないから、現職のしがらみに縛られずにものを言える自由があるという利点はある。

二〇一二年末、大阪・桜宮《さくらのみや》高校でバスケット部の主将までした生徒が、教師からの体罰を苦に自殺したということが大きな問題になっていた時だったので、再生会議が最初に取り上げたのは、どうしたら学校内で起きる苛《いじ》めや体罰と、その結果としての自殺を

防げるか、ということだった。人の命がかかっていることだから、早急に手を打たねばならないということは分かっているが、太古以来、つまり人類始まって以来続いている苛めという行為を、一回約一時間半程度の数回の会議で、根本から防ぐ方法が確立できると思う方がおかしいのである。

学校内では一切の体罰を禁止するという程度のことしかできないだろう、という予測通りになったと言ってよい。苛めそのものの人間的解釈は、数回の会議の中で、ほとんど議論されることはなかった、と記憶するが、若い世代の考えはそれで十分なのだろう。

苛めは悪いものだ、という全員一致の前提条件のもとに、討議が始まったのは当然としよう。しかしそんな悪いものが、何故続くのか、という分析は全くしなかったのである。窃盗《せっとう》や詐欺などが続くと、新聞の社会面においてすら、社会の政治的・経済的不安定がその原因だ、というような分析が始まる。犯人が今晩の食料を買う金もないような不法移民だから、コンビニ強盗を働いたのだというような現象の背後の事情を考える。しかし会議では、そんなことをしている暇はなかった。

苛めは人間の醜悪な面を表しているということは当然だが、その反面、それが一種の快楽であるという考えも、こうした会議の席で聞いたことがない。誰もが皆嫌がっているようなことを、苛めの犯人がしているという論議では、とても問題の底辺にまでは到達しないだろう。

苛めは、動物の基本的情熱の一つの形だと私は思っている。現在の人間は捕食動物ではないが、多くの土地では未だに部族社会の残滓《ざんし》を留めた社会形態をとっているから、自分の所属するグループを守るために、弱小の群れか個体を攻撃することになる。弱者をやっつけて、力でさまざまなものを奪い取る、というエネルギーの移動の姿は、大して珍しいものではない。

大企業が、資本やマーケットの大きさを後楯《うしろだて》に、弱小企業の仕事を奪うなどという図式はどこにでも見られる。私はこれもれっきとした苛めだろうと思う。

インドのヒンドゥの階級制度などまさにその典型だ。法律上では、そうした階級差別はすでに消えてなくなっていることになっているというが、インド人の日々の暮らしの一刻一刻が、この感覚の影響を受けない瞬間はほとんどない、と言っていいであろう。決してインドだけではない。既に何度も言ったり書いたりして来たことだが、電気が全くないか、部分的にしかないか、供給量が十分ではなくて始終停電しているような土地には、人間の平等をうたうような民主主義は全く定着していないのである。

人間は多分、平等ということが、思ったほどには好きでないに違いない。教育を受けた人々は一種の観念として「平等」に美学を感じているが、しかし現実の生活の中では、すべての人が、全く同じ量の才能や財産を持つことはないのだから、他人より少しでも多く金を持ったり、他者が持っていない特権を得ていることで、優越という禁断の木の実を味わうことになる。

平等という観念は、実は現実には人間を幸福にしない面を持つ。完全な平等が保証されれば、或いは常に平等にしか金や物や地位が与えられないという社会になれば、人間は間違いなく努力する気力を失うし、現状を幸福とは感じなくなるだろう、ということは眼に見えている。

カトリックの修道院は、完全に私物を持たず、常に修道院長の命令を聞く、という絶対服従を原則としている。近年は新しい修道院の姿として、自分のやりたいことを願い出たり、どうしてもしたくないことを拒否したり、部分的にできるようになったらしいが、それでも私たちの社会ほど自由でもなく、仕事ぶりと昇進が直結するということもない。

しかしそれでもなお、個々の修道士と神との間には、他人には見えない無言の回線が張られていて、自分の行いはすべて神に記憶され、人間には理解されないことでも神には評価されているという絶対の信念があるから、修道院生活というものは揺るぎなく続くのである。つまり人間として完全な平等を貫くなどということは最初からあり得ないし、あっても人を幸福にしない、という認識の上に成り立っている。

女子の修道院においては、しばしばあまり学歴の高くない労働修道女の間に、こうした聖性が残されているとする傾向がある。直接神の声を聞いたり、その人が祈ると必ず祈りが聞き届けられると信じられている一種の「選抜」に与《あずか》るのは、多くの場合、学校にも行っていない村の羊飼いの少女だったり、修道院の中でも重く扱われない、たとえば洗濯場などで働く修道女だということになっている。つまり学問はもちろん、宗教的な聖性においても、人間は平等ではないのである。

苛めが面白いということは、強者が劣等者に理由なく苦痛を与えることにある。よく覚えてはいないのだが、私も幼稚園に上がる前までは、虫を苛めていた記憶がある。当時の日本には、あちこちに空き地と呼ばれる幻想的な空間があったが、そこでバッタなどを捕まえて、松葉で刺すようなことをしていたのである。

しかしそのうちに「松葉で刺されたら、虫だって痛いのよ」と母に言われて、そうか、相手も痛いのか、とわかってやめた。単純なものである。それ以来、今でも、苛めは多分面白いだろうとは思うのだが、現実に苛めをやるほど時間も気力の余裕もなくなった。

教育再生実行会議が、一項目につきほんの二カ月くらいの期間で出した答申によっても、教育の現場では体罰的な行為は今後一切やることを許されなくなるだろう。その点については、私は賛成を唱えている一人である。

個人的理由を挙げれば、私は幼い時に、母にお仕置きとして物置に閉じ込められて以来、閉所では呼吸ができなくなるという心的外傷が残った。それを治そうとして、トンネルの現場に入ったりして自分を厳しい環境に置くような試みもしているのだが、いまだにうまく治療できていない。

若い時、暴力を振るわれると、体が硬直して動かなくなった時期があった。だから体罰全廃には賛成である。自分の子供でもない生徒の性格をよくわかっていなくても当然の教師に、効果的な体罰など与えられるわけがないからだ。それに行政というものは、もともとデリケートな心理の場面に踏み込むことはほとんど不可能なものだから、とにかく学校内で人間が、自他ともに殺したり傷つけたりする機会をなくすことに全力を挙げるだけでいいのである。

しかし苛めは、人間の生活が続く限り決してなくならない。暴力はなくても、言葉の暴力まで封じ込めることはほとんど不可能だ。

かつて新聞は、差別語を使うことを排除するということに幼稚な血道《ちみち》をあげた。いまでも一部の新聞はそうなのだろう。私の作家としての小さな戦いは、新聞雑誌のこの手の言論統制に従わないということにつきていた。

昨夜会った作家の一人が昔、作品の中で子供同士が「あいのこ！　あいのこ！」と苛める場面を書いた。すると、原稿を読んだ出版社が飛んできて「あいのこ」を「混血児」に書き換えてくださいと言ったという。子供が仲間を苛めるのに「混血児！　混血児！」と言うかと、そこにいた数人の間で笑い話になったのだが、その人はやむなく書き換えたという。優しい人なのだ。しかし私は何十年とそれに抵抗してきたのである。新聞は差別語を使わないということで、正義や人権を守ったつもりなのだろうが、それで差別がなくなるわけではない。嫌らしい目つき、とか、理由のわからないせせら笑い、などというものでも、人間は十分に傷つくことがある。たとえば「あれはあれだよ」という言葉は、それだけで十分な差別語、或いは苛めの内容を含むものになりうる。

もっとも私が差別語を使うことに固執する理由は簡単であった。文学は善ばかりを書くわけではないから、悪を描く「悪い言葉」も残しておかねばならないからである。最近では、テーマとしても人道的であるのが大作家の資格であるかのように言われているが、決してそんなことはない。文学は善も悪も等しく書くだけである。

最近の傾向では、教室で教師が生徒に、

「あなたはほんとうにばかね。何度言ったらわかるの？」

とか、

「そんなことでは、将来あなたがいい人になる希望はないと思われても仕方がないわよ」

などと叱ることもできなくなりそうである。人は、少なくとも言葉によるちょっとした暴力くらいには、生涯に何度も晒《さら》されて生きるものだ。そんな程度の叱責《しっせき》にも耐えられない子供は、真綿にくるんで録音用のスタジオで、無音の中で育てても、決して一人前の人間にはならない。

学校内から暴力的な行為を一切排除すれば、それでことは解決したかというと、そんなことはないのに、再生会議の結論は、その点を避けて通った。

一人の子供を、学校にいる間だけなら暴力的な苛めから守れるとしても、卒業したらもうそうはいかない。最近の苛めは、相手に金品を持ってこいと脅したり、明らかに犯罪の範疇《はんちゅう》に入るようなことをするそうだから、学校にいるうちなら取り締まることも可能かもしれない。しかし言葉、目つき、仕種《しぐさ》などによって、自分が苛められていると思うようなことまで追放することはできない。

学校が厳密に行動を監視して、体罰その他を取り締まることで、苛めを防ぐことが出来たとしても、学校を出た後は誰がどう守るのだ。彼らは一人一人が社会に出ていかねばならない。会社ではもちろん、通勤の途中で、スーパーで、銀行業務の扱いの中で、医院の待合室や診察室で、ＰＴＡの会話の中で、どこでも苛めと思《おぼ》しきものは発生する。学校では守ってやれても、一旦卒業した後は、自分で自分を守る他はない。

いつも苛め問題が発生するたびに、テレビは学校の校長が謝る場面を映している。しかしマスコミは、親の責任を全く問わない。実に不思議な現象だ。

一体誰が教育をするかという重大な点を、実は再生会議は全く討議しなかった。だから苛めのすべての責任は、学校にあると言っているような結論になった。

幼時を除いて、つまり小学校の四、五年生以降にもなれば、教育の責任は半分、五〇パーセントは当人にある、と私は考えている。自分が学ぼう、闘おうとしなければ、何事も解決せず、道も開けない。今の日本では、重大な苛めを避ける方法はいくらでも残されている。

一番簡単な抵抗法は、学校に行かないことだ。大体の場合、家庭は安全な砦《とりで》だから、そこに閉じこもって、暴力を避ける。そして理由を聞かれたら、そこで事態を表沙汰にすればいいいだけだ。

さて教育の責任の五〇パーセントは子供当人にあるとすると、残りは誰が責任を持つのか。五〇パーセントのさらに半分の二五パーセントの責任を持つのは親だ。しかし事件が起きても、親の責任を問うマスコミはほとんどいない。

教師は昼間、十数人のうちの一人としてしかその子を見ていない。しかし普通の家庭なら、親は毎日、その子の言動を見ている。特殊なケースは別だが、その子の顔色、何気ない仕種《しぐさ》、言葉遣いの変化まで感じるのは親なのだ。教師ではない。責任の二五パーセントは親にある。

教師は残り二五パーセントの半分の、約一二・五パーセントの責任を負うにすぎない、と私は感じている。広い意味で友人や近隣の人などの社会全体が、さらに残りの一二・五パーセントの責任を受け持つだけである。

ましてや子供が十八歳を過ぎたら、教育の責任の九〇パーセントは当人にある。だから当人と親の責任に言及しない答申は、全くポピュリズムに迎合したものだと言わねばならない。

さらに苛めで心が歪《ゆが》む子についても、私は小説家として触れねばならないだろう。苛めに遭ってから俳句を作るようになった小林凜《りん》君は現在十一歳。年に似合わない、いい素質を持っている。小学校三年生の時、祖母に「生まれてきて幸せ?」と聞かれて、

「生まれしを　幸かと聞かれ　春の宵」

と詠んだ。私はこの年では、決してこんな名句を作れない。

この少年は、登校拒否になっただけで自殺はしなかった。しかし昔から文学的な素質

の持ち主の僅《わず》か数パーセントだが、彼らには自殺志向の傾向があったものだ。しかし今日では、文学的な才能や性癖のゆえに死んでも、それを苛めのせいにする。死者を冒瀆《ぼうとく》するものだろう。

「ものごとを軽く見ることができるという点が、高邁《こうまい》な人の特徴のようであるように思われる」というアリストテレスの『エウデモス倫理学』の一節を知らなかったら、私もまた文学修業のごく初期には、軽薄な死の方向に向かって心が傾いたこともあったかもしれない。

文科省か教育再生実行会議か、誰の責任としても、人間の心理の神秘の、入口までならともかく深奥《しんおう》の部分まで教育の技術や制度で変えられると思うなら、これはまさに非教育的で政治的な判断に屈したと言われても仕方がないのである。

第11章

低級な学習の持つ力

――教育再生実行会議に関する私的ノート②――

教育再生実行会議で討議された二番目の柱は、「教育のグローバル化」ということである。平明な言葉で言うと、外国に出しても、すぐその社会に入り込めて即戦力になる人員を養成することだろうと、私は解釈した。

時々私は、日本人のDNAで大きく欠けているのは、語学力だろうと思うことがある。今でも国際間の問題になる言葉の一つに、中国人のことを「チャンコロ」という「蔑《べっ》称《しょう》」で呼んだという事実が挙げられる。ところがこれは、中国人のことを示す「チュンコウレン」という言葉を、耳の悪い日本人が聞き間違って定着した発音だという。その手のひどい聞き間違いの例は枚挙にいとまがない。

明治生まれの私の母は、洗濯用の大きな固形石鹼のことを「マルセル石鹼」と言っていた。粉石鹼も洗濯用として使っていたが、絹ものなどを洗うのに、母は必ずこのマルセル石鹼を別に用意していた。マルセルとはいかなる意味か。私は考えたこともなかった。マルセイユという、あの有名なフランスの港町の名前から来たものらしいという説を耳にしたのはずっと後のことだ。つまり、マルセイユから輸出したオリーブ油で作った中性石鹼のことだったのである。

こういう空想も成り立ち得るだろう。明治以降、外国船が日本に来るようになると、

その船員がデッキで洗濯をしているのを日本人が見かけるようになる。好奇心の強い日本人は船を見上げて、「あんたが洗うのに使ってるその塊《かたまり》は何だね」と日本語で質問する。するとフランス人の船員は「お前はどこから来たのか？」と聞かれたのだと思って、「マルセイユ」と答える。すると日本人は、あの外国人が洗濯用に使っていた固い豆腐みたいなものは、「マルセル石鹸というのだそうな」ということになる。

日本人の、垢《あか》のぎっしり詰まった耳には「マルセイユ」が「マルセル」と聞こえても不思議はない。フランス語で「エイユ」というような語尾の音で終わる言葉は、今でも日本人にとって苦手な発音の典型の一つだ。

東京帝国大学の総長と言えば、昔から知的職業の頂点にあった。当然、語学もできる。英語だって、ドイツ語だって、フランス語だって、もしかするとラテン語だって、本を持ってこられればその意味を理解する。

その総長が、或る時、外国人を招いてパーティを開いた。外国式にまずカクテルを出したのか、それで十分座が和《やわ》らいだところで、隣室で正式のディナーになった。するとこの総長は「何もございませんが、どうぞ隣室で召し上がってください」と日本語で言えば無難だったのに、それを英語で言った。

「ゼア・イズ・ナッシング・トゥ・イイト。バット・プリーズ・イイト・ザ・ネクスト・ルーム」

これを聞いた外国人は驚嘆した。食べるものは何もないのに、隣室を食えとは何事か。

これは誰かの作った、軽い悪意はあるがむしろ自虐的温かみもある自戒の笑い話だと私は思うが、実話だと聞いた人もいる。とにかく日本人に外国語の才能がないことは、ひとごととは思えない。

それというのも、中学校で成績の悪かった、しかし頭は悪くなかった私の従兄《いとこ》は「ファーザー・マザー・アサクサ・ゴー。アンド・イイト・オックス」という英語を、小学校の私に教えた記憶があるからだ。「お父さんとお母さんと浅草に行って、牛肉（多分すき焼き）を食べました」ということを、劣等生はこう言うのだと、彼は子供の私に教え込んだのだ。牛と牛肉とでは、単語そのものが違うのだということさえ知らなかった子供の私は、このフレーズをことごとく理解し、納得し、得意になった。

そのように、語学力、特に会話力で非常に劣る日本人は、国際社会で、発音の悪さでも長い間大きく損をしてきた。フィリピンの街角で、学校にも行かず、靴磨きをしたり、タバコやチューインガムを売って小銭を稼いでいる子供にも劣る能力のなさである。最近、日本の企業の中に、会議をすべて英語にするとか、会社内では日本語を喋《しゃべ》るのを禁じるとかまで言うところがあるのだという噂を聞くと、私は改めて私の受けた語学教育を思い出す。

私は幼稚園の時に、カトリックの修道会のシスターたちが経営する聖心という学校に入れられた。世間的には全く有名ではない「知る人ぞ知る」（ということは知らない人は知らない）学校である。幼稚園に入るのはほとんど無試験。紹介制で、名前と歳を聞かれて答えられれば合格であった。二、三十人の一組だけ。受け持ちの先生は英国人であった。

その修道会は、日本の生徒たちに語学と宗教教育を施《ほどこ》すのを目的としていたので、子供たちを英語に慣れさせるために、修道女たち自身は日本語を覚えることを禁止されていたようである。

この幼稚園時代、私は一体どんな風にして過ごしていたのだろうか。私など、東京の下町生まれの父と福井県の港町育ちの母に育てられ、外国人の知人など一人もいない環境である。当時はテレビもなく英語のラジオ放送もない。従って英語など日常生活の中で聞く機会は一年に一分もないのだから、受け持ちのシスターが言っていることは何一つわかるわけはないのだが、そのうちに何となく意味の通じる言葉も増えた。

遊び時間には「ロンドン橋が落ちた」という遊びをやった。シスターが教えてくれた歌は「ランダン・ブリッジズ・フォーリンラン」と聞こえたからその通り歌っていた。意味は全くわからない。もちろんロンドン橋の歴史的な意味を知るすべもなかった。

クラスでは「トウィンクル・トウィンクル・リトル・スター、ハウ・アイ・ワンダー・ホワッチュー・アー」と「きらきら星」を英語で歌った。今でも記憶の中にある歌詞が正しいかどうか知らない。

しかし小学校に上がっても、英語の時間はずっと続いたし、母は同じクラスで仲良しになった三人の子供の母たちと相談して、英語のプライベートレッスンも受けるようにした。今にして思うと先生は、典型的なユダヤ人の名前を持った女性で、私はその授業中もふざけたり怠けたりして、どんな教科書を使って何を学んだのかもほとんど覚えていない。

学校では、私たちは主に耳から入る英語で教育された。何年生の時だか、それもわからないのだが、有名なロバート・ルイズ・スティーブンソンの「墓碑銘」を暗記させられた。

詩を覚えて暗誦《あんしょう》することは、その後も高校にいたるまで、ずっと間断なく続いた。もっとも私は次第に、自堕落な文学少女風になり、詩の暗記のような無意味なことはできない、などと生意気に考えるようになった。つまり最低限の暗記しかしなかったのである。

しかしシェークスピアの文章を朗読する時には、改行は無視して意味のある句読点で切ることや、発音に強弱を付けて読み上げることなども、否応なく訓練された。ミルトンの『失楽園』のさわりの一節、バイロンの詩「ギリシャの島よ」の出だしのところ、など、英語を話す国の人々なら当然知っているはずの初歩的な「教養」とされていることを、動物的に覚えさせられた。

こういうことは、ずっと後になって、私に関して過大に評価してもらうのに役立ったことはある。一九七三年にチリでアジェンデ政権が倒れた直後、私は前々からの予定通り首都のサンチアーゴに入ったのだが、そこで友人と二人で、或る英国人の家に一週間ほど、間借りをすることになった。その人の私生活はよく知らないのだが、チリ全体が政権の動乱の中にあっても、彼は勤めから帰ると着替えをして私たちと共に夕食の席に座り、時には二人の食器の前に、バラの花と共に自作の詩が置かれていることもあった。

それはきちんと脚韻《きゃくいん》を踏んだ十四行詩《ソネット》の形を取っており、正直なところ、私にはよくわからない表現もあったのだが、私は十四行詩に関して、大学で習っていたので、曲がりなりにも、自分の失敗談などと共にその詩に関する感想めいたことを述べることもできた。こういうことで、私は多分、多少は教養人風に見えたのだろう。

しかし私たちの学校は、第一の目的を、私たちをまともな紛れもない日本人にすることだった。英語だけできる人になることは、「便利な商人や下僕《げぼく》を作ること」だから、それは恥とされていたのである。「インターナショナルな人間になるには、まずその国の人になりなさい（To be international ,be national）」と、その時言われたことが、私の生き方の基本になった。

大学では、私は初めて聞く講義を取ることになった。トリヴィウムというものである。それは三科と言われるもので、文法、修辞学《しゅうじがく》、弁証法（論理学）だとはクラスに出るまで知らないままだった。中山茂氏が、リヒアルト・ハルダー著『ギリシアの文化』の冒頭の解説に書いておられることによると、これはアリストテレス的な伝統で、「これら三つは西洋の教育制度のなかに定着し、文化の底辺を形成しているのだが、中国文化圏ではこれらに相当する言葉がない。（中略）

これら三科のもとをさぐれば、ターレスやピタゴラス以来の、あるいはソフィストたちの論争的伝統にたどりつく。その同じ伝統からデモクラシーも、ユークリッド幾何学も、ローマ法も、そして近代科学さえも出てきたのだ。思えば、これらも中国文化圏に欠落したものであった」

という。これはまことにドイツ的な評価の仕方だという人もいるし、申しわけないことだが、三科の講義を聞いたことで、私が賢くなったと思われる事実はあまりない。小説が描く世界は、論理学の範疇《はんちゅう》をはみ出た狂的な世界に近いものが多かったし、表現もまた講義で聞くレトリックは役に立たない分野だった。しかし多分私は、自分が学問的でないという自覚を肌で感じて、自分の生きる場を心得たのだろうし、同時にそのはるかかなたにこうした世界があることに敬意を感じたのだろうとは思う。

その他、大学で学んだおよそ役に立たない講義の中の最たるものは、「典礼学《リタジー》」であった。つまり私は単位を揃えなければならなかったので、自分の空いている時間に聞ける講座を取ったらこうなったのである。

学問的結果は全く残っていないが、典礼学が教会建築といかに深くかかわっているか、ということに私は驚いた。ミサの中で、書簡の朗読の後に歌われるグラデゥアーレ（昇階唱）と呼ばれる詩篇の部分は、昔は実際に階段を上りながら歌われたものだと知って感動したりした。そんな知識は実生活には何の役にも立たなかったのだが、たった一つ、後年、三枝成彰《さえぐさしげあき》氏が、日本語による最初のカトリックの「レクイエム」の作曲をしたいと言われた時、その歌詞を書く時に少しばかり心理的に役に立った。つまり形式には、深い歴史があってそれを重んじなければならない、という恐れを抱き続けられたことである。

今回、教育再生実行会議が目指す「グローバル化に対応した教育環境づくりを進める」という問題に関して私が思うことは、「徹底した国際化を断行する」なら、やはり日本の大学で学ぶ外国語の背後にある深い文化の根も探ることまで到達しなければならない、ということである。文科省の実行するグローバル化がそこまでを考えているかどうか、私にはわからない。

　語学に関して言えば、言葉を学ぶという行為は、怖《おそ》ろしく幼稚な世界、低級な学習である。英語に親しませ、少なくとも英語を不正確にでも喋ることに対する恐怖を取り除くなら、遅くともその教育は、四、五歳までに始めなければならない。つまり大きくなって、もっと論理的な学び方ができるようになってからの時間を、「チイチイパッパ」的な学習に使うのはもったいないのである。語学の初歩は、動物的な訓練なのだから。それに下手な外国語を臆面もなく喋るという行為を自分に許すには、羞恥心《しゅうちしん》を取り除いておく訓練も要るが、それは子供の時にしかできないことだ。

　結果的に言えば、私の英語は最後までものにならなかった。いわばお座に出せない英語力で終わってしまった。しかし私はそのお粗末な語学力のおかげで、ずいぶん世界を拡げた。たいていの外国人は、私が初対面の時、「大学時代、小説ばかり書いていましたので、英語をよく学ばないままに終わりました」と言えば、私の立場をよく理解してくれる。知らない単語を教えてくれることもある。つまり私は政府や会社間の責任あるやり取りに参加しないという条件を守れば、ずいぶん多くの「普通の人」と語ることによって今日の「私」を創れたのである。

飛行機で隣り合っただけで、私は数え切れないほどの多くの外国人と話した。飛行機の中では誰もが退屈をしている。私は自分の泊まるホテルや、働いている財団の名前は決して明かさなかったが、実に様々な会話を交わした。それらはすべて、曲がりなりにも英語を話せたからであった。そのうちの二人のことは今でも強く心に残っている。

一人は当時私と同じくらいの中年のアメリカの婦人で、東京から沖縄へ向かう途中だった。次男が沖縄駐留の部隊にいて結婚し、初めての子供が生まれた。彼女はその初孫に会いに行く途中だった。

「私には二人の息子がいるんだけど、長男はよく勉強をしてMIT（マサチューセッツ工科大学）に入ったの。でも次男は、あまり勉強をしなかったから、軍隊に行ったのよ。でも彼は人を愛する子なの」

英語だからこういう表現がすんなりと入ったのかもしれない。しかし私は日本のいかなる母からも「でも、うちの子は人を愛する子なの」という褒め言葉を聞いたことがなかった。

もう一人の男性は、私の英語が日本人にしてはうまいと褒めてくれた。

「どこで習ったんですか」

と聞いたので私は、

「学校でです」

とぶっきらぼうに答えた。彼が、「日本の学校はそんなによく英語を教えるんですか？」と言ったところをみると、彼は教師だったのかもしれない。それで私は早く説明を切り上げたくなり、

「私は聖心というカトリックの修道院学校で育てられたんです」

と言った。すると彼は改めて私の顔をしげしげと見ながら、

「あなたは孤児として育ったんですか」

と尋ねた。

「いいえ、違いますが、よくご存じですね」

と私は答えた。

その時、私の心の中には、或る嬉しさがこみ上げていたのである。聖心という学校は、皇后陛下の母校として知られてから、お嬢様学校と世間から思われるようになった。しかし日本ではない別の国では、聖心は親のない子供や捨て子を育ててもいた。アフリカ

の聖心では、生徒たちにまず歯磨きの方法を教えることも、重大な仕事だった。だからその人が私を孤児だと思ったとしても、決して不思議ではなかった。そしてその時ほど、私は世界中にある自分の母校の存在に、嬉しさを感じたことはなかった。

第12章

甘ちゃん

——教育再生実行会議に関する私的ノート③——

二〇一三年一月に始まった教育再生実行会議に出席しているおかげで、ほんとうのことを言うと私は書くことが尽きない、という感じである。

私は過去に二回、名前こそ変われ、このような政府の教育改革の会議に加わった。そしてその度に、一冊ずつ教育の本を書いてしまった。別に反抗的な意味ではないが、心の中に残滓《ざんし》のようなものが出るので、それをメモにしておくと、会議の終わる頃には本一冊ずつになっていたのである。

同時に私は、私のようなはぐれ者を会議の席においてくれる寛大さにその都度感謝してはいたのだが、だからと言って主流に合わせるという意識にもならなかったというのがほんとうのところだ。

その残りの部分は、今回が一番多い。その一つが、教育を、世間の商業的な組織のように、サービス化すればいいと政府も世間も共に感じる度合が強くなって来たことにあるのかもしれない。

学校で事故が起こる。火事を出したり、生徒が殺人事件の加害者被害者になったり、苛《いじ》めが理由で自殺したりする。先生の方も痴漢を働いたり、学校のお金を使いこんだり、飲酒運転で捕まったりする。もちろんそれらのことがあっていいというわけではない。

すると、テレビで見る限り、校長先生が出て来て謝る。陳謝の光景というものが、最近では日本のテレビの一つの定番になった。その背後に、マスコミ人の、自分は部外者でイノセントな立場にあるという奢《おご》りが、私には感じられる光景でもある。

校長先生だけではない。不都合があると、あらゆる組織の長が出てきて、陳謝する。強大な権力を握る政治的軍事的組織の長さえも、全く謝らないでやってきた国もあることを思えば、日本型の方が責任者に自覚があり、風通しがよくていい社会だと言えばそうだが、それでことは全く済んでいないのに、済んでいると思わせられる風潮があるのだから、おかしなものだ。

前にも書いたが、小学校も高学年になれば、教育の結果に一番責任があるのは、誰より当人なのである。苛めるという精神は、なによりも当人の卑劣さと弱さを示すものだが、それでも苛められる側には、秘術を尽くしてそれに抵抗し闘おうとする強さが要る。それを周囲が助ける。その最も大きな助っ人の責任を有するのは親だ。親が二番目に責任を有する存在である。子供と生活を共にしているからである。

「顔色を見る」という言葉がある。別に黄疸《おうだん》が出て顔色が黄色くならなくても、「何となくいつもと違う」「どこか元気がない」「答えが虚《うつ》ろだ」「思い詰めたような瞬間がある」「食欲が減った」などということに気付くのは、親なのだ。

だから親は時には、子供の日記さえも盗み見て、見ないふりをして心を救う。

子供は、いじめっ子に対する闘いの方法など思いつかないかもしれない。幼いから無理なところもある。うっかり先生に言ったら、後がもっと怖い。警察はどうも相手にしてくれないところらしい。だからストーカーの恐れをいくら訴えても無視されて、結果的にはストーカーをされた女性が相手の男に殺されるような被害が出るそうな。追い詰められた子供の頭は、これで精一杯だ。

しかし親なら、いくらでもやり方を思いつく。私ならあの手この手で闘う戦術を子供に教えられる。一番簡単な方法は、個人的にストライキを起こして、学校に行かないことだ。家にいたって勉強はできるのだし、小学校や中学なら今のところ落第の制度もないのだから、ずうっと登校拒否をする。これなら、まずいじめっ子の被害に遭《あ》わないから安全だ。

といつか言ったら、教育再生実行会議の委員の一人から温かい笑いを受けた。私の考える方法があまりにもめちゃくちゃでゲリラ的だと思われたのだろう。

しかし闘いというものには定型はない。定型で闘ったら、勝てないのだ。それこそ相手の考えつかない闘い方を思いつくのが勝利の秘訣である。しかもこの場合、相手を殺したり、傷付けたりするわけではない。相手を黙らせることだけだ。それくらいの戦術なら、私はいくらでも考えられる。

教育が、とにかく子供を理想的ないい環境で育てることを志向するのは、当然のことだろう。まあ私が行政官でもそうする。しかしこれは実に不完全な発想なのだ。

第一に、誰にとってもいい環境などというものを想定し、実現することは、実は不可能なのだ。くだらない実例を挙げよう。人体にとって夏場の職場の冷房を何℃に規定すればいいかなどということは、実は素朴な動物的な要素で、簡単に決められると思っている。それでも社会にとっては大きな問題になるだろう。

一つのビルの室温を摂氏《せっし》二七℃にするか二八℃にするかで、電気代は膨大《ぼうだい》に違う。しかもたいていのビルは、部屋の位置や、部分によって指定された温度にならない。冷たすぎる場所も出れば、一向に温度が下がらなくて、文句の出る場所もある。

私の歳になると、好みの温度に個体差が出てくる。同級生にもひどい寒がりがいて、真夏というのに冷房を恐れて、ホームレスの引っ越しみたいに着込んでいる人もいる。それを私は去年までは笑っていたのだが、今年になって胃腸が悪いのか自律神経が反乱を起こしたのか、体全体としては冷房を要求しているのに、足の末端が冷たくなって来た。笑っていた同級生と同じになったのである。

或る人間にとって理想的環境というものは、だから決してこの世に出現しないのだ。それと妥協し、自ら身を守るために低級なものから高級なものまで才覚を働かせるのが、人間というものなのである。まあ、このごろは猿も厳寒には温泉で暖を取るようになったというが。

先日、私は夏だというのに田舎《いなか》の大きな洋品屋に行って、「レッグウォーマーありますか?」と聞いたら、さすがに呆れた顔で「今はおいてありません」と言われた。

今子供を守るのに、親たちはほとんど出番を引き受けない。時々、子供や女性が、夜遅く寂しい場所で変質者的な男に襲われて、重傷を負ったり殺されたりする。もちろん、この男が悪いことは言うまでもない。しかし人生から、悪を一掃することはできないのだという前提条件はある。

だから外国では、夜遅く寂しい道を、女性や子供が一人で歩くなどということを決してさせない。夜半を過ぎてから一人で歩く女性は、娼婦《しょうふ》だと思われても仕方がないのだし、子供を夜遅くまでかかる塾に通わせたい親は、どんな負担になろうと、毎晩迎えに行くというのが世界的常識なのだ。

それができないなら、別に塾に通わなくても、その結果秀才校に進学できなくても、それはそれなりに立派な人生なのだから、その運命を受け入れるのが普通なのである。日本人は、どんなに夜遅くであろうと、そして人通りのないところであろうと、危険があってはならない、と言うようになった。もちろんそれは誰しもが望むところだが、そうはならないのが現世というものなのである。そして犯罪が起こるのは、地方自治体や警察制度の不備だと言い、そう思うのが市民の権利だと言わんばかりだが、しかしそんなことは、多分未来永劫《みらいえいごう》あり得ないのだ。

事件が起こると、誰もがショックを受ける。友だちが殺されれば、子供には、もちろん初めての恐ろしい体験だ。すると最近ではすぐに、心理的なケアが必要だということになる。

もちろんケアはあった方がいいだろう。しかし一九四五年に終わった第二次世界大戦の時、そんなケアは誰も受けなかった。空襲や原爆の夜でさえ、特に救援もなかった。水も食料も仮設テントもなかった。お金も配られなかった。ただ誰もが身近な人にできることはしたが、結果的には組織的な物心両面のケアはなかった。

子供たちの中には、両親を失い、自分も怪我をした子もいたが、傷の手当てはあっても、心のケアなどというものは誰も考えつかなかった。子供たちの一部は、焼け跡を彷徨《さまよ》い、浮浪児となって生き延びた。

そういう状態がいいと私は言うのではない。そうでない方がいいに決まっている。しかし制度が整い、治療や慰めを受けるのが当然となると、人間は動物のように自分で傷を舐《な》めて、自力で病気や災害から立ち直る気力を失う。

私は二十二年も長生きした「東京一不器量な」猫を飼っていたが、この猫が時々餌を食べず、庭の石の上に一日中寝ていた姿を忘れられない。断食《だんじき》して石の温度でお腹を温め、自然の治癒を図っていたのだろう。うちがすぐ獣医師に連れていかなかったからかもしれないが、それでも彼女は二十二年も生きて、自然に或る日穏やかに我が家の庭で息を引き取った。

暑さ寒さ、突然の気候変異、自然災害などにどう対処したらいいかということは、学校も教師も教えきれない。それは子供たちが、自分の毎日の実体験の中から発見して行く部分だ。少し教えてやることが可能とすれば、毎日いっしょに暮らす親が、その教育を引き受ける他はない。しかしその親たちの多くが、毎日の食卓や風呂の中やテレビの前で、その手の教育をしなくなった。

親たちは子供に日々の挨拶をすることも教えない。非常に多くの新聞記者やテレビ関係者が、同じ取材に来ていながら、初対面の挨拶もしなければ「おはようございます」も「今日はどうぞよろしく」も言わないのである。

親たちは本を読むことも、正しい日本語や敬語を使ったり書いたりすることも、家で料理することも教えなくなった。それらは親たちの責任なのに、学校の責任だという人さえいる。

土曜日の午後七時から八時と言えばゴールデンタイムで、昔はそんな時間帯にこそ、テレビはとっておきのお金のかかったドラマを放映したものだが、先週私が見たのは「子供がどんなお手伝いをするか」というような素人《しろうと》の撮ったビデオと同じ安上がりの番組だった。それほど子供のお手伝いをさせる家庭が減ったのだろうか。そうでなかったら、NHKは我々から受信料を取っているのだから、こんな愚にもつかない素人風の番組でお茶を濁すのを止め、この際思い切った人員整理をして、その分番組にお金をかけるべきだろう、と言いたくなる。

つまり社会全体が、自分で努力をしなくなったのだ。すべきことも悪いこともすべて人のせい。人任せにし始めたのである。身銭を切る、とか、一人でも人間としてするべきことは大方の反対があってもやり遂げる、などという勇気は全くなくなったのだ。

校長がよく謝るようになった背後の心理を、私はよく考える。内心では、決して自分だけの責任ではないと思いながら謝っていることがよくわかる謝り方である。教師も計算しているのだ。自分の信じる教育の理念などうっかり口にしようものなら、いっそう紛糾《ふんきゅう》するから、とにかく謝っておけば、今度の事件も穏便《おんびん》に収まるだろう、ということだ。

医者はまず患者の顔を見、人によっては今でも脈を取り、聴診器を当てることによって病状が分かるはずだ、とも言われる。しかし患者を病院が「患者さま」と言うようになった頃から、多くの医者は患者を横において、コンピュータのカルテに記録を残すだけになった。或いは、すぐCTとかMRIとか、「ヒバクする」検査を進めるようになった。知人の医師の一人は、あの手の検査一回が、どれだけの被曝量になるのか知っているのか、と言っている。

医者が患者の顔を見なくなり、昔はとにかく教育に一家言《いっかげん》を持つ教師がいて、文科省が何と言おうが、自分の信念で教育をする人がいたのだが、今は「患者さま」と「生徒さま」の時代が始まった。要は世間に、言葉の上だけで謝っておけば大事《おおごと》にならなくて済む、という妥協の精神が漲《みなぎ》った。その結果、制度改革をすれば問題も解決する、という知恵もできた。

一人の子供が、あらゆる状況で思い通りの生活が出来るようになったら、その子は間違いなく、何物にも耐えられず、すべての問題を自分で解決する気力も知恵もなく、誰とも闘う力や方策を持たず、わがままな喜怒哀楽に振り回される困った人格になるだろう。

教育再生実行会議は最近、受験制度の改革の点にさしかかっている。もちろん不備のない制度もないから、何度でも、長い時間をかけて、様々な方向から、その人の特徴を知り、才能を掬《すく》いあげて、彼に向いて人生が開けるようにするのは悪いことではない。

しかしほんとうのことを言うと、人間は他者の真実など、理解できないものなのだ、とも教えるべきだろう。だから大学の受験制度をいかに改革しても、それで個人の才能を過不足なく評価することなど、決してできないのだということも、同時に公表した方がほんとうはフェアーなのである。今のままだと、生徒や学生の方は、自分を理解しない学校や先生は、向こうが悪いのだ、と思うようになり、それが精神の荒廃に繋がる。

他者は自分のことなど所詮わかりはしないのだ、という深い諦めは偉大な真実だ。むしろ他人に自分をそうそうわかられてたまるか、という自負を持つことの方が、ずっと大切だ。この絶望から、人間は鍛えられるのであって、生涯自分は孤独な闘いをするほかはないのだ、という覚悟もそこで出来る。

しかし現実はそれほど悲劇的ではないものだから私たちは救われているのだし、楽しい青春も過ごせる。私の体験によると、どこかに必ず目をかけてくれる人がいるし、百人が見捨てても、一人や二人、その人の特殊な才能を見出してひいきにしてくれる人もいるものなのだ。

私も決して作家として順調な経歴で生きてきてはいない。六十年間も作家として生きてこられた割には、私はほとんど文学賞というものをもらっていない。しかしそんなことは大したことではないのである。一番の基本は、その作家にとって、生涯描くテーマが無理に探さずとも、十分どころか溢《あふ》れるほどあったかどうかということだけなのだ。そしてまた、少数でもいいのだが、その作家の書くものに得難い共感を抱く読者がいたかどうかということもあるだろう。

人間にとっては、逆境もまた、人間を創り鍛える重要な要素だ、と実に当たり前のことが、教育再生実行会議の現場で議論になったことはない。生徒や学生をよく理解すること、教育環境を整えることばかりだ。もちろん逆境の必要性など、総理官邸の会議で語られる議題ではないだろう。しかしそれは大きな真実だ。

もし教育制度が今後ますます整備されれば、生徒や学生たちは、今よりさらに甘やかされて、ひ弱で創造力も想像力も、そして闘争力もない人間に育つだろう。

人間の個性は、しばしばその人の、むしろ弱点から発生する場合も多い。教育的環境の不備、肉体的弱点、経済的逆境、性格的偏り、幼少期に受けた心の傷。それらのものが、実はその人の人格形成と才能を伸ばすことに、比類ない大きな力となり得ることを、私は私有財産として考えている。

すべての先生や学校が自分をよく理解し、教育を受ける機会は望めばいつかは必ず与えられ、学校の設備や制度が今よりさらに整ったら、多くの学生や若者たちは始末の悪い「あまちゃん」に育つだろう。今流行のＮＨＫのドラマではない。それは全く喜劇にすらならない悲劇的な「甘ちゃん」というドラマなのである。

第13章

英語なんか要らない人もいる

——教育再生実行会議に関する私的ノート④——

私はあまり学問的な家庭の雰囲気で育たなかったので、うまい具合に大学に進学できる時代に生まれ合わせたにもかかわらず、世間的にまともな就職方法として、どういう学問をして何になったらいいかなど全くわからなかった。自分にできる世界はごく狭く、好きなことは書くことだけだったので、とりあえず文学部へでも行くか、ということになった。

もっとも小説家になるのに、文学部を出る必要など全くなかったのである。それどころか後年、あからさまにそれはむしろマイナスの選択だったと口にした人もいた。小説を書くなら、せめて法律とか、歴史とか、生物とかを勉強すればよかったのに、というわけだ。

医師で作家という人も結構多いところをみると、医学も小説家に向いた学問だったのだろうが、私は今でも俳優と医師にだけはなれると思わない。

美人ではないから俳優になれないということではない。今も昔も、性格俳優という存在はあるので、見るからに意地悪そうな女を演じさせたら絶品という演技もあるわけで、そうなれたら仕事が廻ってこないこともないだろうし、年をとっても「食いっぱぐれる」ことはないだろう、と若い時から知っていた。つまり私にだって地でやれる役はあるだ

ろうとちゃんとわかっていたのである。

しかし私は、やはり俳優になれない。人中に出ていくのがいやだからなのである。私は一日中家の中にいて、ぐずぐず暮らす生活が好きだ。そしてたまに鎖も錨《いかり》もつけられない状態で、ほっつき歩くことだけがしたいのである。

そもそも自分がこういう性格だということを、若者が自覚するのは遅すぎる。少なくとも、私は遅すぎた。だから私はせめて凡庸でいられるように、世間や親の敷いてくれた路線に死に物狂いでついていこうとし、文学部などという大学の科目には全く必要ないような専門を選び、自分の道を発見することが手遅れになった。

教育再生実行会議でも、そこで討議されていることの本質の一部は、半世紀以上前に私が体験した教育とほとんど変わっていない。つまり大人の作った教育の計画というものは、「知的人間」を作ることを目的としており、広範な知性を持つ教養人の育成をめざしているのである。しかし意図的に偏り、生涯教養ある人というより趣味人、職人などとして生きるつもりの人間の生き方の意義などはまるで忘れられているようだ。

満遍《まんべん》なくということは、強力に善である場合もあるが、時には積極的悪になることもあると、現代人は言えない。なぜなら平等というものが、最上等の徳である、ということに決まったからだ。しかし平等ということは、現世ではほとんどあり得ないので、その実態を私たちはまだ知らないままなのである。

もう古い話だが、イスラエルがやったキブツという農業共同体の残滓《ざんし》を、私はイスラエルで何度も見ている。

彼らは数百人単位で集まって共同農場を経営するというやり方で始めたようである。今はもうすっかり時代遅れになった感があるが、当時は大学の入試にも「キブツ」なるものが問題としてしばしば出た時代であった。

キブツは、バナナや野菜畑を作って働くのが典型だが、衣食住はすべて平等に支給され、夜は各人の別個の家で過ごす。しかし子供を育てるのは集団の保育施設だという。

そうでなければ、昼間親たちが畑に出て働けない。今の日本のように保育所の待機児童にはなかなか番が回ってこないなどということはない。子供は個人の家で育てるという考えをほとんど放棄してしまったように見える現代の日本の若い母親たちには、理想の境地のようにも見えるだろう。

私が毎年のようにイスラエルに通っていた頃、しかし既にキブツはかなり様変わりしていたようで、もちろん農場も残っていたが、中には私たちがよく泊まるような実質的ホテル経営に転業しているものもあった。

私たちはよくガリラヤ湖のほとりのキブツ経営のホテルに泊まったが、それは広い庭に散在するように建てられた二階建てのもので、必要なもの以外は何もないすがすがしさであった。つまりテレビも電話機も客室内にはないのである。

私たちは障害者と一緒に旅をすることも多かったが、キブツで一番便利だったことは、必ず数室の障害者用の部屋があることだった。段差もなく、広々としたシャワー室があり、電気のスイッチは車椅子の人も使えるように低い位置にあった。

しかもこのキブツ・ホテルはエルサレム一の贅沢《ぜいたく》ホテルよりおそらくおいしい朝食を出した。ジャムもパンもヨーグルトも魚の酢漬けも、すべてキブツの人たちの手作りだったのである。

　イスラエルという国の朝飯は、世界一おいしい。しかし小さな声でつけ加えねばならないのは、昼食と夕食はかなりまずい。この理由を説明すると、かなりの紙数がいるので、ここではただそれはユダヤ教の食事規定と、世界中に散らばって暮らした離散のユダヤ人達の歴史の結果だ、とだけ言っておこう。

　朝飯に乳製品を食べる時には、ユダヤ教徒たちは同時に肉を食べることができないという食事規定があるから魚を食べる。その魚のおいしい料理法を、離散のユダヤ人はヨーロッパなどの各地で覚えてきたのである。しかし同時に食事規定では、血を含んだ肉を食べることが出来ないので、「血の滴《したた》る牛肉」などユダヤ人は食べない。肉はすべて日本人に言わせるとぱさぱさのものだから、昼食と夕食はまずいのである。

　私は今でもそこで出されるマーマレードの豪快なおいしさを忘れられない。マーマレードの中のオレンジの切り方も、日本と全く違っていた。日本の瓶詰のマーマレードには、細く細く切った柑橘類《かんきつるい》の皮が入っているのが普通だった。そしてこの切り方の細さこそマーマレードの必須条件なのだと私は長年思い込んでいたのである。

　夏みかんの皮を、あれほど細く切ることは、私の性格や包丁さばきでは難しく、いやな作業だった。しかしキブツ特製のマーマレードの中のオレンジの皮は、日本の八十円切手ほどの荒っぽい切り方ではあったが、その分だけ強烈に個性的で濃厚でおいしかったのである。

多分数十人が参加する一年分のマーマレード作りの人手の中には、私と同じような粗雑な性格の人がいたに違いない。そこがキブツの家庭的な健全さとも言える。その中で、マーマレードの中の柑橘類の切り方は、細かくて繊細なものほど、荒っぽい切り方の材料に呑まれてその存在意義を失うのだ、という一面の真実も私は知ったのである。

キブツの変遷を書くつもりで、話が脇にそれたが、どうも世間では、新しい理念や観念で作る組織というものは長く続かないようである。キブツなどまさにその典型だ。

まず人々は、生活において限りなく個性的でありたがる。人間は肉体労働をして生きるのだという原則があることを私も十分感じているが、とにかく全員が農業をするという生き方には賛成できない。

すべての人には、例外なく、彼または彼女に向いた仕事がある。肉体労働がさわやかで楽しいという人と、とにかく机に向かって本の虫になる時間が必要だという人がいる。

私の日本人の知人も、数人が高校生の頃にこのキブツに入れられ、バナナの収穫などを手伝った。そこで宗教を学び、ヘブライ語に馴《な》れて、それからヘブライ大学に入って聖書学者になるという英才教育の道である。だからかもしれないが、その中の誰も、生涯、農業で生きようとした人はないようだ。

一本の茎に私たちの言うバナナの房が何十ついているのか実は私は知らないのだが、バナナの産地では、昔からあのバナナの大房を担ぐ労働者の仕事は厳しいものだった。だからと言って簡単に部外者が決めつけることではないし、精神的なものとしては十分に価値のある体験だということはわかるのだが、キブツの生活は、決して彼らの人生で、積極的には役立たなかったのである。

こう言った後からしかし、私は人生でむだなものはない、と正反対の私の実感も付け加えねばならない。小説家になるためには、およそこの世でむだなものはなかった。むしろいやな記憶、むだに終わった失敗の方が、後年になると役立った、という思いの方が強くなる。

しかし小説家になるということは、おそらく非常にまれなケースだ。一般的には、銀行の業務をする、とか、税理士になる、とか、農家を継ぐ、とか、魚屋の店を出す、とか、踊りの師匠になる、とか、コックの修業をする、とかいう選択がある。そうした実務のためには、やはりやや専門的な知識や技術が早くから身につく方がいい。学ぶことはいくらでもあるのだ。

英語習得の必要性にせよ、数学をどの程度まで学ぶかにせよ、音楽の教科を週何時間入れるかにせよ、文科省や教育の専門家は、現状を踏襲すること以外全く考えていない。現実問題として、ほんのちょっとした改革をしようとするだけで、あちこちから大変な反対を引き起こす教育の内容に関して、今さら抜本的手直しをする気などあろうはずはないので、私の希望もここだけの話である。

文科省が、高校や大学に行かない人生を考えに入れていないのはまちがいであると同時に、満遍ない教養が要る人生ばかりでもないことは、自明の理なのである。

識者の中にも、数学の頭のない人間の思考は考えられない、という人がいて、私はそれはそれなりに妥当だと思うが、私は若い時に、学校で使った理数科の時間は、ほとんど全くむだだった、と思うことが多い。

誰の責任でもない。つまり私が飛びぬけてその理解力がなかったからなのだが、改めて考えてみると、私は小学校の高学年で学んだはずの数学のうち、旅人算、鶴亀算、方陣算、植木算、流水算などと呼ばれるものは、今でもできない。当時から理解したことがないのである。

しかし私はごく初歩的な読み書き算盤《そろばん》の必要性を疑ったことはない。私自身、算盤は今でもできないが、紙に書いて計算することはできるし、計算機を使える。猿より少しましだ。そして多くの、初等教育の普及していない国では、この読み書き算盤の範囲ができないために、社会生活で種々の不便が生じていることもよく知っている。

アフリカではしばしば土地の婦人たちが、裸足《はだし》に子供をおんぶして、日本人のシスターたちの働いている診療所にやってくる。そして薬をもらった後、「大人は四錠、子供はその半分の二錠よ」などと言われると、放心したような表情で、「それなら明日また飲ませてもらいに来ます」と返事をする。シスターたちにすれば、書いてやっても読めないのだから、口で言い聞かすのだが、「子供は半分」という算数ができない。

彼女の家から診療所まで、路線バスもないから、一時間近くかかるような距離でもそう言うのだ。もっとも腕時計というものを持たない人たちに、「ここに来るまでにかかる時間」を聞いても、怖《おそ》ろしく大雑把《おおざっぱ》で不正確な答えしか返ってこない。何分の一、一〇パーセント、二倍などという数が直ちに出せる人は例外だ。こういう基礎学力の不足は、端的に、経済的な遅れを招くのである。

仮に日本人が労働力の安さを目当てにでもその土地に工場を作り、進出しようとしても、工員のレベルがこの程度では、とても機械を使わせられない。字が読めなければ各々《おのおの》の機械に貼付《てんぷ》する「取り扱い方」とか、「注意事項」などというものも読めないわけだから、やはり雇うことが出来ないのである。

だから、小学校程度の国語や算数の知識は誰にでも要る。しかし私自身は、その後の人生で、代数や幾何《きか》をほとんど必要としなかったのである。

私が「ピタゴラスの定理」を使って出せば簡単な数値を必要としたのは、土木の現場のことを後から書こうとした時のたった一回だけである。むしろその時私は、ピタゴラスの定理が実用になったのに驚いてしまったくらいだった。後は、代数の二次方程式さえ使ったことがない。もし必要とするなら、私はその時だけ、能力のある人の力を借りれば済んだはずだ。

同じことが英語にも言えるだろう。私は大学時代にも英語を学ぶことに不熱心だったが、それでも英語は生涯を通じて実に必要なものだった。英語だけでなく、私はフランス語もスペイン語も「齧《かじ》った」が、それでも全く知らないよりははるかにまし、と思うことが何度もあった。私は資料の当たりをつけ、必要と思われるところを選んで語学の達者な人に訳してもらえばよかったのである。

しかしそれは私の生き方による。私は高校時代から、外国に興味を持っていた。なんとなくという程度ではあったが、外国に行き、そこで英語の本くらいは買って読みそうな予感はあった。もっとも外国語の本を読みこなすまでの学力はなかなかつかなかったが、大筋において私はその線に沿って生きた。だから私が英語を学ぶということは、現世で実に有効なものであった。

しかし世間には、一生涯、英語など全く要らないという人もいる。そしてそれは事実だ。日本の伝統的な世界に住み、そこにい続けることに少しの不満も覚えない人で、関西から東京にさえ来たことが一回か二回しかないという人に会ったこともある。そういう人は、いやなら生涯別に英語を学ばなくていいのである。

少なくとも日本人のすべてが中学を出ているのだが、英語を話すことも読むことも不可能な人がほとんどだ。高校までの英語をきちんと学んでいれば、英語は「使い物」になるはずだが、それができていないのである。そういう人たちが、身につかない英語に長い年月関わり続けさせられ、英語がすっかり嫌いになるだけでなく、その間の貴重な時間も失うことは罪悪だろう。

文科省は最近になって英語の必要性を口にするが、日本人の精神については全く学ばせなくて平気だった。道徳の時間を充実させもせず、宗教の時間を設けることも避け、哲学の時間さえなかった。国語の教科書から、新しい文学と人間性を読みとるという工夫さえせず、あいもかわらず漱石の『こゝろ』なのだ。

私は中学・高校から「教養学部的コース」と「専門職的コース」とにはっきり分けた方がいいと思う。文学部的才能と興味しかないのに、今ほど理数系の学問に時間を割《さ》く必要はない。音楽、体育も同じだ。その道には絶対進まないという自覚を持つ生徒には、音楽も体育も要らない。私は人間をやっていく上で、「周辺を学ぶことも必要だ」とは考えている。丈夫な肉体がなければ、どんな専門職も身につかない。だから体を鍛えることは要る。しかし教科としては要らない。

ほんとうにいいたかったことは以下のことである。生涯自分にとって必要だと思うことは、人間は学校に頼らず、後から一人で学ぶものだ。苦労して独学させればいい。しかしできればその子の好みや希望は早くからもっと絞って、学校時代に多く学ばせることだ。

それが教育行政にかかわる人たちに捧げる言葉だ。

第14章

待つ人々の姿

二〇一三年九月十四日午後、新型ロケット「イプシロン」の初号機が、惑星観測衛星「スプリントA」を載せて、鹿児島県肝付町《きもつきちょう》の宇宙航空研究開発機構（JAXA）から打ち上げられた。燃料は三段式の小型固体のもので、ロケットの全長二十四・四メートル、直径二・六メートル、重さ九十一トンだという。

開発費約二百億円。いずれ本格運用できるようになれば、コストは三十八億円にまで下げられるようになる見込みらしい。

今回、何度か打ち上げが準備段階で延期になって世間は一喜一憂《いっきいちゆう》したようだが、小学生までを含むたくさんの人々が今回の成功の瞬間を見守って祝福した。ほんとうによかった。この一基が上がるまでに、どれだけの人がそのことに深く関わったか、部外者が想像することさえ無礼に当たりそうな気がする。

このイプシロンは、十二年ぶりに打ち上げられた国産ロケットで、特徴は従来のH2A、H2Bと比べると小型で小回りが利き、費用も従来の約三分の一から四分の一でできる。もっとも、アメリカのボイジャーと呼ばれる探査機は、既に太陽系の外に出ており、太陽以外の最初の恒星《こうせい》にたどり着くだけで何万年もかかるという。現実的で近視眼的な私には、そうした偉大すぎる存在はないに等しいものだと言うより他はない。

それよりも今日は、いつもの通り、小説家の私に還って、打ち上げに関する脇筋めいた話を思い出したので、それを書き留めておきたい。
三十年以上も前、私は今回の打ち上げの場となった肝付町の実験場に、何年か通っていたのである。理数科系の頭に関しては、平均以下の知能しか示さなかった私は、初めロケットと衛星の区別もよくわからなかった。もちろん現場を見れば、ロケットは衛星という積荷を宇宙に運ぶトラックだということはすぐ分かる。
昔の衛星は大きく重いものが多かったから、ロケットも「大型トラック」である必要があった。しかし今の衛星は技術的な進歩で、超小型と言われるものまでできているという。その場合、トラックも小型であるほうが合理的なのだ。そうした点で経済的に合う小ぶりのロケットの誕生は、技術上、経済上、日本の現在に大きく寄与するのだと思う。

しかし今日私が書こうと思うのはそういうことではない。前回の打ち上げから今までの間に、日本人のこうした先端技術に対する姿勢が、かなり変わったのではないかと感じられるのである。

私がこの場所に出入りを許されていたのは、この肝付町の実験場が「東大宇宙研（東京大学宇宙航空研究所）の内之浦」と呼ばれていた時代である。

内之浦は鹿児島飛行場からもかなりの距離がある。ロケットが上がる時、当然周辺の空と海には交通管制が敷かれるが、それでも一般の民間航空路からできるだけ遠いところがいいので、内之浦が選ばれたと聞いている。

当時の内之浦はいい意味でひなびた町で、打ち上げがあると学者や技術者で急に人口が膨れ上がる、という感じが眼に見えるほどの町だった。少なくとも数百人、つまり千人に近い専門家が入ったのである。ホテルなどというものはなかったと思うが、町中の宿屋も民宿も、そういう必要な人たちでいっぱいになるので、私のような役立たずは町中にいることさえ憚《はばか》られ、約五十キロほど離れた鹿屋《かのや》まで下がって、町のビジネス・ホテルという名の実は宿屋に泊まり、空港で借りて来たレンタカーを毎朝自分で運転しては内之浦まで通っていた。

鹿屋は昔特攻隊の基地があったところで、私は夜など、ホテルの前の小料理屋で一人食事をした。この地から国のために最後の片道飛行に飛び立って行った若者たちのことを思いながら、現実の自分は、カウンターの中の板前さんが出してくれるたっぷりと大根おろしをかけた酢の物のナマコの味に惹《ひ》かれているのが申し訳なかった。大隅《おおすみ》半島とは味覚においても魅力に溢れた土地だったのである。

当時は発射場内にいた誰もが、まだ戦後の宇宙開発の歴史を意識していた。糸川博士が開発した長さ二十三センチのペンシルロケットと呼ばれた玩具のようなサイズのものから、ここまで来た道程を、すべての人が心のどこかで感じていた。戦後の日本の宇宙開発の歴史が出発した地点が、まだ昨日のことのように覚えられていた年代だったのである。

戦後の日本人は、長い年月、毎日生きることに追われていた。それからやっと日々の暮らしとは違う、長いレンジで未来を考えられるようになった。学者たちはようやくこうした学術の世界を歩み出せる余裕を持ち、庶民は留学や世界旅行にあこがれて、その恩恵を自覚するようになっていた時代だった。

宇宙研の発射場の中では、私は始終身を小さくしていたことを思い出す。私は宇宙物理学者で日本のX線天文学を世界水準にまで高めた方だと言われる小田稔《みのる》先生に連れて行っていただいたのがきっかけだったのだが、とにかく私のような能無しがいる空間など全くない場所なのである。

しかも私は人には黙っていたが、私の興味は、ロケットや衛星にではなく、そこで働く学者たちの人間性にあったので、それは少数の慧眼《けいがん》の学者たちには、見抜かれていただろう。

発射の当日、私は打ち上げの瞬間までを管理する防空壕型の発射管制センター（正式には何と呼んでいたか、今は忘れてしまった。発射後は又別の建物にある追跡センターのような部署がロケットを追尾して、データを取っていたと記憶する）のような建物の、ロケットの高度を刻々に示す機械の横に、ほんの六、七十センチの隙間があるのを見つけて、そこに身を潜めることにしていたのだが、事実そのあたりはそれぞれの任務を負った人たちや機械で埋め尽くされていて、私のようなものが身を置く隙間など現実にはなかったのである。

今回ロケットの打ち上げが事前のテストで延期されたことを、何か大きな落ち度のように書いていた新聞があったが、当時から打ち上げ前のテストの結果、打ち上げが日単位か時間単位で延期されることはごく普通のことであった。その事実は、一つの学問的慎重さとして私の心理に深く残っている。

延期が発表されると、部外者の私でも一応理由を聞きたくなる。「記録用のテープレコーダーが、百回に一度くらいの割合で動かないことがあるんです」というような素人《しろうと》向きの説明をされたこともある。私が「百回に一度くらいなら、大丈夫でしょうに」などと答えると「そうはいかないんですよ」と笑ってくださったものだった。

ロケットが搭載している衛星の中には、数個の研究テーマを載せた手作りサイズの機器が載せられているようで、小田先生がご自分の研究に関する機械の一部を手に持って、羽田から乗られた時にお供したこともある。

打ち上げは当時、二月か八月であった。二月は海が荒れて出漁できない日が多い。八月はお盆その他で自然に漁に出る日が少ない。そういう邪魔にならない月を狙って地元の漁業組合に打ち上げの日を認めてもらったという感じもあった。

ロケットは地上を離れて間もなく四本の補助ブースターを切り離して近くの海面に落

とす。それが万が一にも航行中の船舶を傷つけないために、事前に警告も出されるし、海上保安庁が危険海域の掃海《そうかい》にもあたる。そのための巡視船が、十時間近くも前に港を出ることもあるから、直前になっての実験中止は、誰もが望まないのである。

その経緯をマスコミに知らせる広報を受け持っておられた教授の受け答えを、私はそれとなく近くに立って聞いていたものであった。広報担当のその教授は、今思うと実に豊かな表現力を持つ、第一級の広報官であった。

打ち上げが何度か延期になると、新聞記者たちは、

「また延期ですか。また初歩的ミスですか」

などといささかの非難の色を含めて聞くのである。するとその教授は、真顔で、

「ええ、ミスというものはすべて初歩的なものでしてね」

と答える。その言葉は軽く相手をいなしているようでいながら、実はユーモアも失わずに人生の大きな真実を謙虚に告げているものであった。

「明日の打ち上げはどうですか」

と天気を聞く記者もいた。するとこの教授は真顔で天気図を見ながら、

「そうですなあ。亭主のいない隙に間男《まおとこ》ができるかどうかというところですかなあ」

と答えるのである。つまり雲がかなりあるが、打ち上げの時間がちょうどその切れ目にぶつかれば可能だ、ということであった。それでもさらにしつこく天気を気にする記者がいると、この物理学者は「じゃ、ちょっと占ってみますか」などと言いながらトランプを出して一人占いをして見せられたのである。

「もし二月の最後の日まで、天候その他の理由で打ち上げができなかったら、どうなさるのですか」と私は一人の教授に尋ねたことがある。すると、漁協の人に頼んで数日なら、打ち上げ延期を許可してもらう。しかしそれでも駄目な時は、八月までロケットと衛星を一種のガスの中で保管する。そうするとそれらは変質しないと言うのである。

「まさか」

と私は言った。

「錆《さ》びたりしないで、八月まで保つんですか」

「大丈夫です」

「先生、私たちは、朝、夫が妻に『君を愛しているよ』なんて言いながら玄関を出て、ほんの数分先の駅前で初恋の女に会うと、もう不倫に傾く話を書いているんです。変わらない物質があるなんて、考えられません」

科学者から見たら、私のような原始的人間は、ジャングルの中の珍獣に見えただろう。しかし教授たちは、私のそういう話を心から笑ってくれる人たちであった。

私が内之浦で習ったのは、一つの大きな仕事を成し遂げるために賢く「待つ」人々の姿だった。どれかの機器にいささかの不備でも発見されれば、そのために数百人が待つのは当然であった。どんな仕事にも、完全でないところがある。もちろん延期と聞かされれば、心の中でやれやれ、という気持ちはあろう。しかしそれを不機嫌という形であらわにする人たちはほとんどいなかった。それが教授たちの統率の腕の見せどころだったのでもあろう。

打ち上げられたロケットを追跡する強力な望遠鏡が、少し離れた丘の峰の上に設置されていた。そこにいる研究者や学生たちは、いわば離れ小島に置き去りにされた部隊のようなものだった。

延期になったと言っても、彼らは簡単に町にも行けない。人間は「することがないと、ろくでもないことをする」と昔から言われている。責任者の教授は、そこで対策を思いついた。追跡用望遠鏡の要員である若い学生たちに、付近の山に生えている自然薯《じねんじょ》を掘らせるのである。

私たちが通称、山の薯《いも》と呼ぶ自然薯を、私も掘るのに参加したことはあるのだが、それは実に過酷な仕事である。曲がりくねった姿の天然の長い山の薯を姿のまま掘り出すには、普通は傾斜地を利用して特別の形の小さな鍬《くわ》を使う。息は切れ、山の薯は頑強に地面に隠れ、ちょっと荒々しく鍬を動かそうものなら、ぽろりと折れて復讐する。掘る人の労働は地獄、傍《そば》で腕組みしてみていればいい人の気楽さは天国、という極端な差別を生む作業だ。教授は、仕事もなく何日か過ごす追跡班のグループに、待つという心理の危機を、賢く山の薯へのウラミに転換して切り抜ける。

もう少し優雅な転換の方法もある。見たことはないのだが、こうした時間を利用して、山へエビネを探しに入る人もあるという。今はもう採取禁止になったかもしれないが、エビネの収集家にとっては、自分の持っていない種を探して来るというのは、この上ない楽しさである。

また別の教授は、待つ時間の間に、ポケットに隠し持った石を紙やすりでお磨きになる。人と喋《しゃべ》りながらでも、磨く指を止めない。人間することがあれば、時間は充実する。どうせ宝石ではないだろうが、と周囲の人はひまにあかせて憶測する。先生は眼のある人だ。どこかの川底で拾った瑪瑙《めのう》か、山で見つけた水晶か、その程度のクラスの貴石《きせき》ではあろう。

ちらと見せていただいた限りでは、確かに指輪になりそうな石だ。教授はあらゆる人にちらとそれを見せる趣味はあったが、誰もそれをもらったという女性に会ったことはなかった。しかしとにかく「金剛石《こんごうせき》も磨かずば」であり、「駄石《だせき》も磨けば」という思いがけない混沌《こんとん》とした時間は、こうしてユーモアにも支えられて、過ぎて行くのである。

内之浦で働く日本人と、アメリカのNASA（米国航空宇宙局）で働く人々との違いも、笑い話として教えられた。

衛星が一つ打ち上げられるたびに、NASAでは十組の夫婦が離婚し、内之浦で一組の愛が結ばれる。NASAに行ったきりなかなか帰ってこない夫に対して「私と衛星とどっちが大切なのよ」とアメリカの女性は迫るから離婚が起きる。しかし日本人の恋人同士たちなら、女性は「衛星が上がるまで、私のことは構わないで一生懸命お仕事をして……」と送り出すのだというのである。

当時はまだ紙の時代だったので、「内之浦で使う連絡用の紙の量は、NASAの十分の一です」という見て来たような話もあった。もちろん今はコンピュータ時代だし、衛星打ち上げの手順なども基本がかなり決まってきたのだろうから、紙の量など問題にもならないだろうが、日本人は研究者の間でも「阿吽《あうん》の呼吸」で連絡が取れる場合がある、という。

私は小田先生の長年の研究の答えを出すはずの計器を搭載した衛星を打ち上げるためのロケットが、落ちる瞬間も高度計の傍で見ることになった。第三段で水平飛行に移るはずのロケットが、第二段で水平飛行に移った時の驚きとショックを私は今でも覚えている。私が事前に与えられていた知識は違っていたのか、今私が見詰めている計器の示すものを私は誤解しているのか、と思ったほどショックを受けたのである。

私は高度計だけしか見えない場所にいたので、眼ばたきもしないで見詰めていた計器上の異常を、もしかすると誰よりも早く気付いたような気がするのだが、声を立ててはいけないと思いもしたし、現実には声が出なかった。あまりにも大切なことは、部外者が立ち入ることはできない、と思ったのだが、その瞬間、私の意識は凍りつき、声が立てられなかったのも事実なのである。

だから私はこの記録を、最後まで往年の内之浦の思い出の末端の部分だけを書くことに留めたいと思う。

衛星が軌道に乗ると、衛星に名をつける楽しい行事が始まる。学生にも応募権がある。

或る年の応募作の中に一つ、私が心から推したいと思う「文学的」なものもあったのだが……生真面目《きまじめ》な宇宙研は果たして採用しなかった。それは「サツマアゲ」という秀逸な名前であった。

第15章

難民という職業もある

地中海はそろそろ冬になると、波が高い日が続くというが、そのせいもあるのかもしれない。寒風の中で悲劇が続いた。

二〇一三年十月三日、イタリア沖で、アフリカからの恐らく不法に入国しようとした移民を乗せた船が火災で沈没した。三百人を超える人々が犠牲になった。続いて十一日、今度はマルタ島から百十キロという海上で、再び難破船が沈没した。マルタの領海内だったが、イタリア海軍も救助に加わって二百人以上を救助したが、それでも女性と子供を含む五十人以上の遺体を納めたと思われるおびただしい数のお棺が安置されている光景がテレビで放映された後、マルタの首相は「地中海は今や、ヨーロッパの墓場と化している」という悲痛な印象を洩《も》らした。ヨーロッパ諸国はもっとアフリカからの難民に対して、救援の手を差し伸べよ、ということであろう。

難民の支援団体は、過去二十年間に、ヨーロッパ各国に到達しようとして途中で死亡した難民の数は一万七千人から二万人になると推計している。

ヨーロッパはそれぞれの時代に、或る時は東ヨーロッパからの、或る時はアフリカからの難民の流れを受け入れて、その結果、様々な不都合を体験していることを、私のようにときたましかヨーロッパを訪れることのない一旅行者でも見聞きしていたのである。

イタリア北部の町に住む私の知人は、周囲にいつの間にか東欧の移民が増えたことに対する市民の反応を話してくれた。たとえば彼女の隣人は律義《りちぎ》な一人暮らしのイタリア人のお婆さんだが、自分が受け取る予定だった年金の額が減り、そのさらに隣に住む十人も子供を引き連れてやってきた東欧人の一家が、自分よりはるかに高額の年金を受け取ってハッピィに暮らしていることに、不満を洩らすようになった。

北イタリアの湖沼《こしょう》地帯は、夏になるとヨーロッパ各地から自動車でやってくるバカンスの人で賑わうが、そういう外国人目当てに道端で水着姿で客引きをするお嬢さんたちは、ほとんどと言っていいほど、美人で有名な東欧の某国からやってきた売春目的の出稼ぎ嬢だというのである。

一九九九年、私はチェルノブイリに出張する機会があった。既に事故から十三年がたっていたが、当時私が働いていた財団は、被曝した子供たちの健康状態の追跡調査に資金を出していた。全く異常のない健康な子と、甲状腺に明確な腫瘍《しゅよう》ができているような子の診断は出やすい。しかし問題はボーダーラインケースで、この程度の変化をやはり異常と見なすべきかどうかは、放射線医学に長年携《たずさ》わってきた医師にしか診断がつかない。日本は広島にも長崎にも、その分野の体験豊富な医師が数多くいるのである。

そこで財団は、そうした子供たちのレントゲン写真を、衛星回線を通じて瞬時に日本の専門医に送り、即日診断を行うことによって手遅れにならないようにした。その初めての送信テストを行う日に、私はベラルーシ側からチェルノブイリ付近の地区に入ったのである。

その時、乗り換えのために移動したフランクフルト空港の長い廊下は、東欧からの移住者であふれ返っていた。別にチェルノブイリの原発事故を避けるためだけではないだろう。ベルリンの壁が崩壊したのは一九八九年で、東欧の人々がいわゆる自由圏に自由に出入りできるようになってまだ十年であった。

こうした人々は家族ぐるみで空港の廊下に座り込んで飛行機待ちをしている。幼い子供はおもちゃを持って、床を這《は》い廻っているので、私たちはまともに歩けないほどだった。おかしな言い方だが、空港が少しばかり難民収容所の様相を呈しているようにも見え、背筋に嫌な予感がしたのだが、私はそこでインフルエンザにかかり、飛行機の中で高熱を出した。

難民ではないが、北アフリカからヨーロッパの国々に出稼ぎに来ているモロッコ人が、イード・アル＝アドハー（犠牲祭）と呼ばれるイスラムの祭りの日めがけて、ちょうど日本のお盆の日に故郷に帰省するのと似たような姿で国に帰る光景を目撃したこともある。

スペインのアルヘシラスという港からモロッコ側へ渡るフェリーが、ヨーロッパとアフリカを結ぶ最短距離の航路なのだが、お金のないモロッコ人たちは、アルヘシラスの岸壁で、いつ番が廻って来るか分からないフェリーの順番を、岸壁の上で自炊しながら、時には四、五日も待っているのである。彼らに比べて、贅沢《ぜいたく》な私たちは、何月何日の何時に出港するフェリーに車を積み込む、という予約金を払っていたから、その時間の直前に港について楽々とフェリーに乗り込めるのである。

彼らはフランスでルノーのような小さい車をセコハンで買い、それを故郷までの足にしていた。親戚縁者に配る土産も積み込んでいる。或いはそれを機会に、あまり儲けにならないフランスでの出稼ぎを切り上げる一家もあるらしく、このような小型車には、時には屋根の上までも利用して、実に信じられないほどの品物が積まれていた。

ナイロン製の安物毛布、小型冷蔵庫、ベッドのマットレス、乳母車《うばぐるま》、流し台まで積んでいるのもあって、私たちはびっくりした。しかも車の中にも、子供の四、五人は詰め込まれている。どうやって中におさまっていたんだろう、と私たちは魔術でも見るように眺めていたのである。

緒方貞子さんが国連難民高等弁務官でいらしたとき、私は取材者としてアフリカのジンバブエ、スワジランド、モザンビーク、南アなどの国々に同行し、難民キャンプの実態を初めて実際に学んだ。小屋がけというより他はないような難民キャンプ一戸の面積は、大人一人がだいたい二平方メートル、子供はその半分の計算だったように思う。

難民の小屋の中には、トイレも台所も浴室も押入れもないから、寝るだけの土間ならそれで済む。家というものは、雨漏りがなく、隙間風はあっても壁が荒々しい風さえ防げれば、それで機能は果たされていると考えるのである。

トイレは二軒に一個ずつ、彼らの小屋の前に建っている。もちろん掘った穴の周囲を葦簀《よしず》のようなもので囲っただけの造りで、上下水道の設備などない。家の前のわずかな土地を耕して、インゲンマメなどを植えている難民はちょっと私と性格が似ているのかな、と思ったが、収穫物が人に盗まれない保証はないだろう。

難民という言葉は、英語では「ディスプレイスされた人たち」という言い方をするが、それは無理矢理に動かされた、追放された、強制退去させられたような状態の人を指す。

東日本大震災の後、被災者たちは政府の避難指示がなかった、あるいは遅かった、不適切だった、病人や高齢者の受け入れ先が決まらなくてあちこちたらい回しにされたために死亡者が増えた、と言った。前代未聞の天災後の不安の中で、犠牲者が出ればそういう言い方をしたくなる気分もよく理解できるが、アフリカの難民たちは、どんな土地でも、組織だった機関から避難命令など受けたことはないだろう。

なにしろ水道も電気もない土地である。情報も組織も命令の伝達方法も皆無なのだ。誰もどこへ逃げたらいいのか分からない。またそれを考えようともしない。被災者の受け入れ体制など考える人も金もないわけだから、被災者は、暗闇の中で自分で身を守るだけである。

私が見た多くの田舎《いなか》の学校にはまず世界地図というものもなかった。同じ状況でも、日本なら教師が自分で手作りの地図を作って授業に備えるだろうが、そんな意欲を持っている教師はほとんどいない。だから多くの人たちは、地球全体の中で、自分の国の場所も隣国との距離も、その地勢上の特徴も知らない。

地図も磁石も持っていないから、どちらが北か南かも知らず、とにかく本能的に部族間の争いを含めた戦闘の気配を感じる方角と反対方向に逃げるだけなのである。

もちろん逃げるための車両など誰も用意したりしない。洗濯用のたらいに鍋釜を入れたものや、水用のポリタンクを頭上に載せれば、避難用の持ち出し家財は手一杯だ。どこが国境か分からない原生林の部分も多いから、いつの間にか野獣保護を目的とした隣国の広大な国立公園の自然保護区に入り込み、ライオンの餌食《えじき》になった難民もいる。

情報だの、避難指示だの、緊急の食料や水の配給などを期待する日本人の話を聞くと、彼らは全く理解できないだろう。そんな制度があるなら、難民でも被災者でもいいから、自分もその身分になりたい、と言うだろう。

彼らの場合、生きるのに必要なものは本能だけなのだが、その本能は、日本人とは比べ物にならないくらい発達しているはずだ。最近の都会の中で育った日本人には、生きる基本である現場の空気（理由の説明できない危険の予感）を感じる能力さえ全く欠けている秀才が実に多くなった。これも私に言わせれば、一種の奇形だ。

日本人秀才は、マニュアルがあればそれを非常に正確に有効に使いこなすことはできるが、それがなければどうふるまったらいいか分からない。そして非常事態というものは、必ず停電を伴うから、普段使っているマニュアルがその機能を喪失し、各人が野放しの状態で、自分の才覚だけで生きなければならなくなるのである。

人を救うという義務は、イスラムの中にもあり、キリスト教の精神にもある。イスラムの人たちは、たとえ敵対部族といえども、自分の庇護《ひご》の下にある時は、自分の食べるパンを半分に分けてでも与えねばならないという。キリスト教も、聖書の中で「飢えた人に食べさせ、宿のない旅人を泊める」行為は神が善《よ》みすることとして述べている。しかし凡人の我々は、誰もが、どんな状況でも、いつまでも、この慈悲を通せるものではない。

シリア難民を受け入れなければならない国々も、大きな問題に直面している。二〇一三年十月半ばの統計でも、既にシリアの難民は、レバノンに五十六万人、ヨルダンに五十万人、トルコに四十万人、イラクに十六万人、エジプトに八万人、などの他、北アフリカの国々に入った人たちをも含めると百七十万人にも上るという。

受け入れるということは、生半可な覚悟ではできない大事業である。テントから始まる居住のための家、飲み水・食料の確保、医療支援・感染症の予防、子供の教育、雇用創出、宗教の違いの許容など、金のかかることばかりだ。そして日本はまだこの種の苦労を一度もしたことがない。日本が大洋の中の島国であることが、難民の流入を防いでくれている。だから私たちは、まだ現実にぶつからず、理念だけで平和主義や人道主義を唱えていられる。

日本人にとって難民は、「かわいそうないじらしい人々」である。しかしそうした面だけではない。仕事がなくて、厳しい生活環境を強いられていることは事実だが、難民としての支援を受ける仕組みに組み込まれると、彼らはとにかく働かずに生きられる方途《ほうと》を体験してしまう。一日中、じっとうずくまって何もしない、のではなく、何もできないのだが、それでも難民キャンプに入れれば、最低の生活は保障される。

しばしば受け入れ国では、難民キャンプに隣接した土地に、キャンプの難民よりもっと惨めな暮らしをしている「普通の人々」がいる光景を目撃する。例外中の例外ではあろうが、高利貸しに追われて逃げ、難民になった人もいるという。難民になる理由も単純ではない。

通常、難民の暮らしは貧しいが、パレスチナのように長い間難民の生活が定着すると、自然に落ち着きも取り戻し、余裕もでき、中には粗末なものであろうと、家の中に特別の戸棚まで据え付けて、カットグラスのコレクションをする人まで現れる。難民業とでも呼ぶべき職業か身分の発生の証拠である。

少なくともパレスチナ難民は、自分たちを助けてくれるアメリカに少しも感謝などしていなかった。日本がそのための費用を分担していることなど全く知らなかったに違いない。一人の女性教師はアメリカを罵倒《ばとう》したので、私がつい「そんなアメリカに、なぜ援助してもらうのですか」と言うと、「アメリカは自分たちが悪いことをしたと思っているから、その償いのために金を出しているだけだ。我々はアメリカからはもっととってやればいいのだ」と言った。

援助は少しも人道的な意味で感謝をされない。それどころか、相手は自分たちに悪いことをしたから金を出すという形で謝罪しているととられるのだ、ということを、私はその時、遅まきながら知ったのである。

異なった生い立ち、宗教、意識、そして外見を持って育った人々が、共に暮らすことのむずかしさを日本人は知らない。私は昔、南アの政府に招待されて、人種差別の実態を勉強させてもらったことがある。私が行ったのはアパルトヘイトと呼ばれる「人種差別制度」が撤廃された後のことだが、それでもその難しさはまだありありと残っていた。私を案内してくれたのは、若い教養のある白人の女性だったが、数日の間に、私たちは何でも忌憚《きたん》なくものの言える仲になった。

私たちがたぶん同じように感じていたのは、白人、黒人、カラード（前記二種の混血）、アジア人（主にインド系を主とした）の四種の人種は、あらゆることが一緒にできる。学問、事業、スポーツ、娯楽、他何でも共同にできないことはない。しかし居住する地域だけは混ぜない方がいいという判断だった。食物の趣味や掃除の仕方、親戚との付き合い方、何にならら公共の金を出していいと感じるか、などという常識に関する意識の違いは、黒人と非黒人の間ではかなり大きく、それが日常の摩擦を招くのである。

はっきり言うと、多くの難民を受け入れれば、日本人のように、根本的に「精神や文化の雑居」に馴《な》れない純粋な人たちは、多分大きな困惑を体験しなければならない。

もし日本が難民を受け入れることになったら、国土の一部を、「雑居共和県」として受け入れた移民か難民にそっくり明け渡し、その経営を経済的に文化的に手助けした方がいい、と私が言っている夢を、当時見たことがある。たとえ一晩にせよ、一瞬にせよ、ほんとうに愚かで滑稽な夢を見て苦労したものだ。

難民は受け入れるのが人道だ、と言っていれば済むうちは問題はない。しかし大洋の真っ只中に浮かぶ島国以外は、今後も難民の流入に悩まされ続けるだろう。現に今も、インドネシアも、フィリピンも、オーストラリアも、しばしば難民を乗せた船の処置を巡って紛争が起きている。

人道を唱えているだけでは済まない事態となった時、私たちはどう振る舞うのか。一夜の宿を貸し、飢えた旅人に食べさせることでも、それが現実になったら、私たちは苦労するのだ。だから神はそれを人間の美しい行為として記憶する、と言ったのだ。或ることが、現実にならないうちに、私たちは自分の振る舞う方向を決めておいた方がいいのかもしれない。

あとがき

私は幼児期や中年期の暮らしを通して、自分の生活を自分の勝手で決めることはできないもの、と思い込んでいた。もちろん私は小説家を志してその通りになったのだから、自分の希望を完全に投げ捨てたわけではない。しかし私は子供を育て、親たち三人（私の実母と夫の両親）とも同居していたので、住居にも行動にも自然にある程度の束縛を受けた。

しかし私の中に、人の生き方が、もし完全に糸の切れた風船のように飛ぶことを許されるようになり、受け身の部分が全くなくなったら、その分だけ、人生の手応えも減るだろう、という迷信に近い確信もあった。

だが結果的に見ると私の生活は、年をとるほど自由になっていった面はある。何よりもそれを可能にしてくれた大きな理由は、日本が戦乱に巻き込まれなかったからである。日本の現状を、生活の格差はひどく、人権は守られず、世界的に問題の多い国だという政治家やオピニオンリーダーもいるが、それほど間違った判断はない。自分が歩いた世界の百十九ヵ国の中だけでの判断だが、私は日本ほど「日常生活が安全で、身分差や偏見のない、そして食べられない人のいない国」を見たことはないのである。

私が書斎から出て、年のわりには、時々放浪に近い暮らしができたのは、それらの土地へ行く必然が生じたからであった。それを可能にしてくれたのは、日本の経済がおおむね順調で、私のように体で働いて収入を得るほんとうの「職人階級」が、地道な暮らしを納得すれば、一面でしたいこともできたからである。私は親からは全く一円の遺産も相続しなかったにもかかわらず、いくらかの放浪もできたしあわせな自由人であった。

私は絶えず自分の固定観念をぶち壊される現実に向き合う暮らしをせざるを得なかった。日本で当然と言われる論理は、外国では通用しない。日本人がひっきりなしに言い続けるようになったもっとも人気のある言葉は、「平和」と「安心して暮らせる」というものであったが、この言葉にも私は違和感を覚え続けた。

「平和」をヘブライ語では「シャローム」という。彼らはこれを挨拶や別れの言葉としても口にする。その言葉の本来の意味は、実は「欠けたることのない状態」を示すのだという。

現世で誰も、欠ける部分のない生活などできるものではない。ユダヤ人たちは、それほどにすばらしいものを、私はあなたに贈ります、という意味でこの言葉を、会う時にも別れる時にも贈り合う。

もう一つ、日本人が、全く意味も考えずよく使い続けてきた言葉は、「安心して暮らせる」であった。ことに二〇一一年三月十一日の東日本大震災以来、政治家も、サラリーマンも、アナウンサーも、老人たちも、失った生活を思いつつ、さらにこの言葉を乱発した。

しかし「安心して暮らせる生活」だけは、もともとこの世にないのである。だから誰もほんとうは要求することなどできないものなのだ。そんな一目瞭然のことさえ意識しないほどに、日本人は安逸な暮らしをするのを許されてきたのである。

すべての時代は後から振り返ると過渡期だ。その足元の危うさは無残なほどである。しかし私たちの多くは、それに気がつかずに過ぎている。このエッセイ集もその愚かさから、免《まぬか》れてはいない。しかしそれを愧《は》じるのはよそう。その蒙昧こそが私自身であり、時代なのだから。

二〇一四年九月

曽野綾子

本書は、『WiLL』に二〇一二年十月号から二〇一三年十二月号までに連載された「小説家の身勝手」をまとめたものです。

曽野　綾子（その・あやこ）

作家。1931年、東京生まれ。聖心女子大学文学部英文科卒業。

ローマ法王庁よりヴァチカン有功十字勲章を受章。日本芸術院賞・恩賜賞受賞。著書に『無名碑』（講談社）、『神の汚れた手』（文藝春秋）、『貧困の僻地』『人間関係』『風通しのいい生き方』（以上、新潮社）、『野垂れ死にの覚悟』（ベストセラーズ）、『人間にとって成熟とは何か』（幻冬舎）、『夫婦、この不思議な関係』『沖縄戦・渡嘉敷島「集団自決」の真実』『悪と不純の楽しさ』『都会の幸福』『弱者が強者を駆逐する時代』『この世に恋して』『想定外の老年』（以上、ワック）など多数。

安心と平和の常識
「安心して暮らせる生活」など、もともとこの世にない

2014年10月27日　初版発行
2014年11月20日　第2刷

著　者　曽野　綾子

発行者　鈴木　隆一

発行所　ワック株式会社
東京都千代田区五番町4-5　五番町コスモビル　〒102-0076
電話　03-5226-7622
http://web-wac.co.jp/

印刷製本　図書印刷株式会社

ISBN978-4-89831-706-8

好評既刊

2015年 中国の真実
宮崎正弘・石 平
B-204

不良債権が六百兆円を超え、不動産バブル崩壊で中産階級が全滅の危機に瀕している中国経済。だが、習近平は、軍事大国路線を一直線。中国はどこに行くのか？

本体価格九〇〇円

2015年〜 世界の真実
長谷川慶太郎
B-202

日本は今、東アジアの「冷戦」に直面している。それは、中国と北朝鮮の体制崩壊が始まるということだ。優れた先見力と分析力で二〇一五年の世界を読む！

本体価格九〇〇円

すべては朝日新聞から始まった「慰安婦問題」
山際澄夫
B-190

なぜ「性奴隷」のウソが定着するにいたったのか？ 「慰安婦問題」の発端から今日の状況までの全事実を綿密な取材で明らかにし、問題の核心に迫った力作！

本体価格九〇〇円

曽野綾子著作集

――四六判・並製――

愛①
誰のために愛するか

人は、「愛する」ということを、本当のところで分かっていないのかもしれない。本書は、恋愛、友情、夫婦、兄弟、家族などの「愛」をめぐる珠玉のエッセイ！　本体価格一〇〇〇円

人生①
完本 戒老録
自らの救いのために

人は皆、それぞれの病と共に人生を生き、自分で自分の生と死をデザインしなければならない。上手に年を取り、老年を豊かに生きるための一二三の智恵！　本体価格一一〇〇円

時代①
沖縄戦・渡嘉敷島「集団自決」の真実

先の大戦末期、沖縄戦で、「渡嘉敷島の住民が日本軍の命令で集団自決した」とされる神話は真実なのか⁉　徹底した現地踏査をもとに「惨劇の核心」を明らかにする。　本体価格一二〇〇円